LES

ROSES DU DAUPHINÉ

POÉSIES

PAR

Mlle ADÈLE SOUCHIER

LYON

NICOLAS SCHEURING

—

M DCCC LXX

LES ROSES DU DAUPHINÉ

Lyon. — Imprimerie d'Aimé Vingtrinier.

LES

ROSES DU DAUPHINÉ

POÉSIES

PAR

Mlle ADÈLE SOUCHIER

LYON

NICOLAS SCHEURING

—

M DCCC LXX

AVANT-PROPOS.

Il faudrait une plume plus légère que la nôtre pour toucher à cet élégant recueil qu'une jeune fille nous a permis de publier. Qui osera, en effet, entrer sans émotion et sans respect dans le sanctuaire de la jeune poète, pour lui demander compte de sa pensée ? Voici le cabinet de travail ; là est une broderie commencée, là un cahier où elle cause avec elle-même. Quand la journée est finie, quand l'heure du repos a sonné, elle ouvre ces pages mystérieuses, et timidement d'abord, avec ardeur ensuite, elle les couvre de traits rapides. L'imagination est puissante, l'éducation sérieuse, la lecture des grands écrivains a fortifié l'intelligence, le rhythme s'impose, le vers coule, et, au jour le jour, l'album s'emplit. Mais ce qu'elle écrit n'est point vulgaire, la conversation n'est pas vide et futile, un même sujet occupe l'auteur et sous sa plume revient constamment.

Riche de tous les trésors, admirablement douée, mais seule et sans guide, la jeune poète reporte toute son âme, toutes les facultés de son brillant esprit sur les souvenirs de l'histoire de sa province, toute sa tendresse sur ce beau Dauphiné qui, à lui seul, forme une nation et qui renferme, des Alpes au Rhône, toutes les beautés de la nature. Habitant une ville riante sur les bords d'un grand fleuve, voyant de sa fenêtre les sommets couronnés de neige qui nous séparent du Piémont, aimant à rêver au milieu des sites de la Chartreuse, de Sassenage et d'Allevard, notre jeune auteur a concentré toutes ses sensations sur son beau pays, et le cahier confidentiel a été bientôt rempli des souvenirs et des légendes de la patrie.

Un jour, un numéro de la *Revue du Lyonnais* se trouve égaré à Valence. Notre poète le lit, puis, poussée par une curiosité féminine, elle envoie timidement au Directeur une pièce de vers, puis une autre; elles sont accueillies, publiées par nous; une correspondance s'engage, et bientôt la Revue s'applaudit d'avoir trouvé un de ses plus élégants, de ses plus dévoués collaborateurs.

A la vue de cette fraîche et riante poésie, dont l'auteur est inconnu, la curiosité s'éveille, les lecteurs applaudissent, les éloges viennent de toutes parts. Soulary, l'éminent poète, nous écrit : « Lorsqu'on fait d'aussi jolis vers, il faut les signer », et, dernier triomphe, Scheuring, l'habile éditeur lyonnais, dont les publications artistiques sont si recherchées, Scheuring déclare qu'il veut réunir ces poésies et les publier en un recueil.

Le nom de M. Scheuring sur un ouvrage est une garantie de soins et d'élégance pour le livre et un succès pour l'auteur ; ici, encore, il en sera ainsi.

Il est certain, en effet, le succès, pour ces *Roses du Dauphiné* qui révèlent un poète à notre littérature, une illustration nouvelle pour l'antique terre des Dauphins et surtout une personnalité modeste qu'on doit entourer de vénération et de respect.

AIMÉ VINGTRINIER.

A Mlle ADÈLE SOUCHIER

SONNET

Sur cette mer sournoise où les brisants font rage,
Une épave sans prix, c'est le roman de mœurs.
Qu'une vierge, engloutie en ses fraîches primeurs,
Flotte, sans voile au flanc, quel beau succès — d'outrage !

Et tu veux affronter ce public d'écumeurs
A l'affût d'un scandale ou d'un galant naufrage ?
Poète, y songes-tu ? De ces guetteurs d'orage
N'attends ni les bravos ni les sottes clameurs.

Livre aux flots le trésor de tes chères pensées,
Comme une enfant, des fleurs en sa course amassées ;
Les blasés se riront de l'odorant essaim ;

Mais quelque ami fervent des Grâces enjouées,
Recueillera ces fleurs à ses pieds échouées,
Et de leur chaste encens parfumera son sein.

JOSÉPHIN SOULARY.

1er janvier 1870.

A L'AUTEUR

DES ROSES DU DAUPHINÉ.

RONDEAU

Ah ! quel vol a pris la fauvette,
Reine gentille des buissons !
Elle gazouillait ses chansons,
Elle modulait ses doux sons
Au bord de l'eau, douce retraite.
Sans elle, vendange ou moissons,
Nulle fête n'était complète.
Tout à coup, loin des frais sillons,
    Ah ! quel vol !

Comme l'aigle au-dessus des monts,
Comme un point, nous l'apercevons ;
Salut, chanteuse, oiseau-poète !
Mais, quoi ? j'écoute ses leçons,
Et c'est mon nom qu'elle répète ?
    Ah !... quel vol !

AIMÉ VINGTRINIER.

20 janvier 1870.

VALENCE-SUR-RHONE.

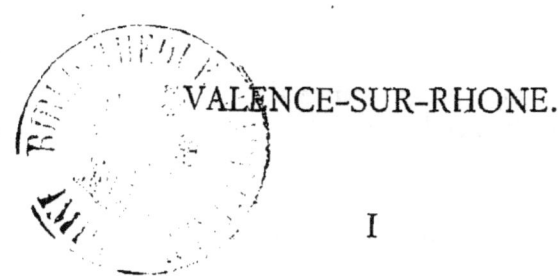

I

Sous ton ciel bleu qui fait preſſentir la Provence,
Garde toujours tes fleurs & ton ſouffle embaumé,
Comme un riche tréſor, ô ville de Valence,
  O mon doux pays bien-aimé !
Le Rhône, beau vaſſal, roule à tes pieds de reine,
Il murmure, en fuyant, comme un hymne d'amour,
Et ſemble célébrer ta grâce ſouveraine ;
  L'oiſeau te bénit à ſon tour.
Sur les verts peupliers de tes îles riantes
Où tout n'eſt que repos, harmonie & fraîcheur,
Où viennent ſe jouer les briſes odorantes,
  Où la lune, dans ſa blancheur,
Sait créer quelquefois des êtres fantaſtiques,
Vieilles ombres ſortant des murs démantelés

De ces anciens manoirs aux fouvenirs magiques.
    Par eux font encor rappelés
Ces noms devant lefquels on pâliffait de crainte...
Cruffol ! réveille-toi de ton profond fommeil !
Seul, le vent des tombeaux nous jette fa complainte...
    Lorfque arrive le jour vermeil,
Un pauvre batelier chante fur le rivage
Où chantaient fes aïeux, & du puiffant baron,
Du noble fuzerain, la gloire d'un autre âge,
    Nul enfant ne porte le nom !
Le tonnerre eft tombé fur le cèdre fublime ;
Que refte-t-il de lui ? plus rien, qu'un fouvenir.
Rien... pas même l'oifeau qui nichait fur fa cime.
    C'eft le paffé !... mais l'avenir,
Valence, il eft à toi pour t'embellir encore ;
Ainfi qu'une coquette auprès de fon miroir,
Dans tes eaux qu'un reflet du ciel d'azur colore,
    Mire-toi du matin au foir.

II

Tu ne regrettes pas, ô ma belle indolente,
La fièvre des cités où l'or coule à grands flots,
Où fleurit le commerce, & tu n'es que charmante !
    Que faire lorfqu'on a pour lots

Les rayons du foleil, l'air pur & la verdure,
Sinon dormir à l'aife & rêver à plaifir,
S'enivrer de l'aspect d'une aimable nature,
  Et voir, au gré de fon défir,
L'étranger, en paffant, admirer tes collines,
Ta chère promenade, orgueil de tes enfants,
Qui s'étale devant ces altières ruines
  De caftels jadis triomphants ;
Et ton vafte & beau champ de batailles fictives,
Ta cathédrale antique aux élégants piliers,
Près de ce vieux tombeau, dont les formes naïves
  S'ornent de pâles violiers.
Puis, ceux qui d'un héros ont gardé fouvenance
Vifitent la maifon fimple qu'il habita ;
C'eft là que repofait, dans un grave filence,
  Son front plus brûlant que l'Etna ;
C'eft là qu'il méditait la conquête du monde,
Ce frêle lieutenant dont chacun fait le nom ;
C'eft ici qu'il rêvait à la foudre qui gronde,
  L'aigle qui fut Napoléon !
Et fes adorateurs baifent le marbre auftère
Du foyer près duquel on vit le demi-dieu,
Alors que fa jeuneffe ardente & folitaire
  Cherchait un afile en ce lieu.
Sur le trône il parlait encor de toi, Valence ;
Il t'aimait comme on aime un premier fouvenir.

Comme on aime un parfum de douce adolefcence,
Mais qui ne doit plus revenir !

III

Sois mille fois heureufe,
O cité gracieufe,
Amour du voyageur;
L'hirondelle qui paffe,
Si légère, en l'efpace,
T'apporte le bonheur !
Dans le courant des âges,
Tu connus peu d'orages ;
Un trop brillant paffé
Donne une trifte gloire ;
Mieux vaut ta calme hiftoire,
Ton doux rêve bercé
Par mille frais murmures
De tes ondes fi pures
Sous les baifers du ciel !
Vois tes champs où l'abeille,
Fouillant la fleur vermeille,
Va compofer fon miel ;
Tes bois où tout babille,
Tes blés que la faucille

Doit couper à regret !
Ta vigne qui ferpente
En longs feftons & tente
Plus d'un œil indifcret !
Charmante favorite
Du foleil, réponds vite,
Que te faut-il encor ?
Il t'envoie, ô Valence,
La paix & l'abondance,
Dans tous fes réfeaux d'or !

LES BORDS DE L'ISÈRE.

A Mlle MARIE DE P***

I

L'autre jour m'apparut l'ange de poéfie ;
Il me dit, en m'offrant fa coupe de vermeil :
— Viens, & je verferai toute mon ambroifie
    Sur les rêves de ton fommeil.

Viens donc, ma chère enfant, laiffe-moi te conduire
En des lieux enchantés, pleins d'ombrage & de fleurs,
Dont le riant afpect faura bien te féduire
    Et fécher doucement tes pleurs. —

Je le fuivis alors ; fa bonté fouveraine,
Ses traits nobles & purs, tout me charmait en lui,
Et ce qui nous advint, un peu loin dans la plaine,
    Je vais vous le dire aujourd'hui.

Nous eûmes, en partant, les baifers de l'Aurore,
C'était un de ces jours que la fplendeur décore,
La Nature avait mis fes plus riches atours,
En reine elle brillait; elle eft belle toujours,
Mais parfois fa beauté rayonne davantage ;
Puis, lançant dans les airs fon frais & doux ramage,
L'alouette chantait en montant vers les cieux ;
Elle montait encor, je la fuivais des yeux,
Et l'ange fouriait, voyant ma rêverie ;
Avec fa voix vibrante, avec fa voix chérie :

— La Nature, dit-il, c'eft l'amante de Dieu,
Elle chante fa gloire en tout temps, en tout lieu ;
Comme une époufe, au Ciel elle femble être unie,
Pour l'enivrer fouvent de parfums, d'harmonie ;
Plus fublime le foir, plus joyeux le matin,
Son cantique d'amour eft un hymne fans fin.

Grandeurs de la Nature, heureux qui vous admire !
Dans ce livre divin, il faut apprendre à lire,
Il faut... — mais le bel ange aperçut notre Eden,
Et, pour me le montrer, il s'arrêta foudain.

Une fraîche oafis raviffante & coquette,
Qui, dans les flots d'azur, gentiment fe reflète ;

Un rêve de jeune âge, un fouris de printemps,
Eclos près des monts bleus, à l'abri des autants ;
Un magique océan d'opulente verdure,
Où les arbres altiers, à longue chevelure,
Semblent vouloir régner du haut de leur orgueil ;
Où d'agreftes parfums vous font un doux accueil ;
Où l'ombre, le myftère, ainfi que le filence,
Répandent à l'entour leur fereine influence,
Où l'on fe fent léger fous cet air embaumé,
Voilà ce que je vis de mon regard charmé.

O gracieux féjour fur les bords de l'Ifère,
Ma lyre devant toi proclame fa mifère !
Elle eft pauvre à côté de tes riches tréfors,
Mais, dans le grand concert, de timides accords
Sont écoutés parfois, — on dit que toute chofe
A fon prix, le bluet auffi bien que la rofe,
La violette obfcure auffi bien que le lis,
Et le petit pinfon comme les bengalis.

— Eh bien, me dit enfin l'ange aux brillantes ailes,
Aux grands yeux de faphirs tout remplis d'étincelles...
N'avais-je pas raifon de te vanter ces lieux ?
Dans tes fonges dorés que voyais-tu de mieux ?
Voyais-tu, par hafard, plus vafte amphithéâtre ?
Ses gradins ne font point de marbre, ni d'albâtre,

Un manteau de feuillage au pied de ces grands bois,
Un long tapis de mouffe, affez beau pour des rois,
Remplacent les produits de Paros, de Carrare.
Oh ! la Nature ici ne fut jamais avare,
Elle ne permet point à l'art de l'éclipfer,
Il détruirait le charme agrefte & l'effacer
Ce ferait un vrai crime, un crime de profane.

Mais regarde avec moi la lueur diaphane
Qui fe gliffe à travers ce dôme dentelé :
Le beau temple gothique ! il peut être appelé
De ce nom ; où trouver ogive plus charmante,
Ogive de verdure & frêle & tranfparente,
Élancée & légère ! & folide à la fois !...

Oui, mais voici venir d'harmonieufes voix,
Ce fpacieux palais a bien fes virtuofes,
Chantres aëriens pas plus gros que des rofes ;
Lorfque arrive le mois qui fème les beaux jours,
Le roffignol y vient célébrer fes amours,
C'eft fon royal domaine & fon grand nid de fête ;
Ici, bien mieux qu'ailleurs, notre artifte répète
Ces concerts dont lui feul poffède le fecret,
Et toujours dans ce bois il fe tait à regret.

Comme pour contraſter avec ſon doux ramage,
A ce rhythme perlé ſe joint un bruit ſauvage,
Mais il n'eſt pas ſans charme & ſurtout ſans fraîcheur;
Saluons la caſcade, écumeuſe blancheur;
Elle bondit, bouillonne, & s'épanche, & murmure,
Oh ! recevons un peu ſon haleine ſi pure;
Tandis que les cités s'agitent loin de nous,
Jouiſſons de ce calme avec un ſoin jaloux.

II

Et la fauvette,
Sur notre tête,
Module ſes légers accents;
Le vent ſuſurre
Dans la verdure,
Et la ſenteur des bois nous jette ſon encens.

Bel ange, écoute !...
Chût ! c'eſt ſans doute
Le frôlement d'un jeune oiſeau,
Qui part, s'envole...
Mais je ſuis folle :
Une robe a gliſſé ſur ce gazon ſi beau !

Comme elle paffe,
Pleine de grâce,
Avec un joyeux abandon !
Douce gazelle,
Qui donc eft-elle ?
Ange qui favez tout apprenez-moi fon nom.

— Il eft grand, il remonte à votre vieille hiftoire,
Ses aïeux combattaient pour la France & la gloire ;
Leur cri, leur noble cri fut toujours :—Dieu ! le roi ! —
L'honneur les voyait vivre & mourir fous fa loi ;
Ils tranfmettaient leurs noms comme un bel héritage ;
On s'en fouvient encor,—les bienfaits n'ont pas d'âge,—
Leur or, manne facrée, allait, tombant toujours
Sur le trifte indigent ; ils revivent ces jours,
Et du château vraiment découle le bien-être
De ce village affis près du manoir, fon maître ;
Et de ces jeunes mains fi charmantes à voir,
Gliffe l'aumône, ainfi qu'une étoile, le foir,
Gliffe du blanc nuage, & gliffe, & gliffe encore.

Oui, mais l'aumône ici né connaît ni l'aurore,
Ni le grand jour, pour dire : il faut nous arrêter.
Oh ! leurs nombreux bienfaits, je veux les exalter
Dans ce fiècle où l'on voit la lèpre d'égoïsme
Gagner même les chefs de l'ardent communifme ;

On fe dit philanthrope & par là tout eft dit;
Mais de vos charités où donc eft le débit ?
Et tel vante fa fecte, & tel en vante une autre,
Qui ne fait rien, mais rien de fon titre d'apôtre.

III

La jeune châtelaine, avec fes dix-fept ans,
Orne du charme exquis de fon riche printemps
Cette demeure; elle eft l'unique efpoir d'un père;
Hélas ! à leur amour manque fa douce mère
Dont le nom vibre encor au fond de bien des cœurs.
Dans plus d'une chaumière on lui garde des fleurs,
Les fleurs du fouvenir pour fa bonté touchante.

Si fon enfant n'a pu, fous fon aile charmante,
Grandir, s'ouvrir au jour comme un lis au matin,
Et de fes doux parfums embaumer fon chemin,
Lui montrer, tout ouvert, ce raviffant poème
Intitulé : l'enfance ou la grâce fuprême,
On a placé près d'elle un bien noble mentor
Qui l'inftruit & qui l'aime, efprit jufte, cœur d'or,
Pour tout dire en un mot : femme prefque françaife,
Se faifant pardonner fon origine anglaife.

IV

Mais voici le falut mélodieux du jour,
L'angélus tinte, il tinte, il monte avec amour ;
Ecoutons un inftant... dans les airs balancée,
Cette cloche argentine adoucit la penfée ;
Eft-ce l'écho lointain de la lyre des cieux,
Ou le veftige aimé d'un rêve gracieux ?...

Nous allons de ce pas voir l'églife ruftique ;
Elle s'épanouit, & jamais bafilique
Bien fplendide, bien fière en fes brillants atours,
N'eut cet air fouriant qui vous charme toujours ;
Non, il n'eft pas beaucoup de temple de village
S'étalant au foleil avec meilleur vifage,
Et plaifant dès l'abord, tant la fimplicité
A de charme partout, dans fa naïveté !
C'eft un bijou champêtre, elle eft vraiment proprette,
Je la foupçonne auffi d'être un peu bien coquette :
Vois tous ces beaux tableaux peints avec beaucoup d'art:
— Un Chrift — un faint Michel déployant l'étendard
D'en haut — une martyre — une madone exquife,—
Et le nom de l'auteur ? *Madame la marquife !*

Honneur à vous, falut, artifte féminin,
Qui prîtes ces joyaux dans votre riche écrin
Pour en doter ainfi l'églife du village ! •
Ah ! c'eft un fouvenir; il vivra d'âge en âge ;
Un jour, de beaux enfants, de gentils chérubins,
En montrant, de leurs doigts bien rofes & bien fins,
Ces tableaux, fe diront : — C'eft notre bifaïeule
Qui peignit tout cela, c'eft elle toute feule ! —

Madame, dormez donc en paix dans le tombeau,
Pour l'artifte & la mère un triomphe eft fi beau !..

V

Il fe fait tard, dit l'ange, il faut dreffer nos voiles,
Ainfi que tu le fais, je me dois à plufieurs ;
Puis je veux remonter au ciel, vers les étoiles,
    Car les étoiles font mes fœurs ! —

Nous partîmes. Adieu, fimple & riant village,
Dépofé comme un nid fur ces bords enchantés,
Adieu, flots de verdure, amour du payfage,
    Murs fi noblement habités !

Je donnerais parfois les tréfors de Golconde,
— Si je les poffédais & fans trop fourciller, —
Pour entendré chez vous, bien loin des bruits du monde
    Le roffignol s'égofiller !

UN TABLEAU DE FLEURS DE SAINT-JEAN

AU MUSÉE DE LYON.

Un mignon chérubin, en fecouant fes ailes,
Fit-il tomber du ciel cette gerbe de fleurs ?...
Ces filles du foleil s'épanouiffaient-elles
En des lieux émaillés des plus belles couleurs ?
De l'aimable Nature adorable caprice,
Un fylphe gracieux pourrait fe balancer
Au-deffus de ces fleurs, baifant chaque calice,
Et murmurant des mots d'amour pour les bercer.

L'abeille chercherait un doux fuc dans ces rofes,
Le léger papillon viendrait les courtifer,
Sur l'éclat radieux de leurs touffes mi-clofes,
Les larmes de l'Aurore ont voulu fe pofer ;
Le ciel ferait jaloux de ces rofes mouffeufes
Raviffantes de grâce et de douce fraîcheur ;

Qui donc a réuni ces fleurs fi vaporeufes,
Si riches d'incarnat ou de chafte blancheur ?..
Les vit-on friffonner au fouffle de la brife,
S'ouvrir aux bleus regards d'un fplendide horizon,
Régner en fouriant, &, dans la brume grife,
Se repofer le foir fur l'odorant gazon ?..
Leurs feuilles de fatin, leurs corolles de moire,
Leur délicat tiffu, tout enchante les yeux ;
L'art pourrait-il ainfi, — je ne faurais le croire,
Dérober fon fecret à l'artifte des cieux ?..

Mais non, ce font des fleurs de la faifon nouvelle,
Dont quelque blonde enfant a voulu décorer
La madone gothique, & dont l'afpect révèle
Cette immenfe bonté qui la fait adorer;
Voyez-la dans ce nid d'éblouiffantes rofes,
Offert comme un hommage à fa pure beauté !
Les fleurs ont toujours fu lui dire tant de chofes
Qu'elle doit les aimer dans leur naïveté.

Admirons de plus près cette fraîche guirlande,
Et refpirons un peu d'enivrantes fenteurs...
Ah ! l'on eft exigeant : aux rofes l'on demande
Le fuave parfum qui leur gagne les cœurs...
O douce illufion ! ô charmante merveille !

Le foleil s'eft laissé vaincre par un pinceau !...
L'Orient peut rougir dans fa grandeur vermeille :
Ces fleurs ne l'ont pas eu pour leur premier berceau.

Qu'il foit béni toujours celui qui les fit naître,
Ce Van-Huysum français, cet artifte divin !
Amant de la Nature, il savait la connaître,
Notre flore jamais ne l'infpirait en vain.
Noble fils de Lyon, ô difciple d'Apelles,
Treffaille avec bonheur au fond de ton tombeau,
Car l'ange de la gloire, aux rayonnantes ailes,
A marqué de fon nom ton raviffant tableau !

CHARBONNIÈRES

PRÈS LYON.

Nid caché fous l'ombrage où l'on fe fent revivre,
Loin des échos bruyants d'une grande cité,
Petite Suiffe en France, où l'air pur vous délivre
Des ardentes rigueurs d'un lourd foleil d'été,
    Salut à ta grâce champêtre,
    A ton adorable fraîcheur;
    Ton parfum agrefte pénètre
    Comme la plus suave odeur.

Si Florian vivait, le chantre des bergères
    Et de leurs naïves amours,
Il placerait ici les danfes fi légères
    D'une fée aux pimpants atours;
Mais le temps eft paffé des fimples badinages;
    Seule, ta charmante beauté

N'a pas pu s'envoler fur l'aile des nuages,
    Ton fite enchanteur eft refté.
Sous ces longs chênes verts, une fource d'eau vive
    Rend aux malades la vigueur ;
De ton fouffle embaumé le bien-être dérive,
    On le proclame de tout cœur !
Mille charmes fecrets dans ta bruyère rofe
    Qui s'épanouit au foleil,
Dans tes prés, dans tes bois, dans l'onde qui t'arrofe,
    Peuvent refaire un teint vermeil.

    Oh ! fous ton manteau de verdure,
    Sois fier, féjour délicieux ;
    Ta vivifiante nature
    Guérit avec l'aide des cieux.

C'eft la plus belle gloire & le plus doux partage !
Que de vaftes pays voudraient avoir ce don !
L'artifte vient rêver devant ton payfage,
    Et tu fouris à tous, ô raviffant vallon !

MES ADIEUX A LYON.

Je quitte tes fommets que la brume environne,
Comme un tiffu léger fur un front gracieux ;
Le baifer du départ, Lyon, je te le donne,
  O ville à la double couronne,
Reine des temps préfents, reine de nos aïeux !
Brille toujours au fein de tes royales ondes,
Qui viennent, fe roulant dans leurs couches profondes,
Et semblent t'entourer de longs rubans d'azur ;
Tu foules des tapis de velours & de soie,
  Ton commerce au loin fe déploie,
Portant ton nom fi fier & ton honneur fi pur !..

O ma noble cité ! Dieu t'a mis pour ceinture
Une chaîne de monts, de pics audacieux,

Les Alpes au front pâle, à la chaſte parure,
Le ſplendide Mont-Blanc qui monte juſqu'aux cieux.
Près de toi tout eſt doux ſur les bords de la Saône,
Un ſourire de Dieu les a créés un jour,
Un de ces jours de fête où ce ſeul mòt réſonne,
Mille fois répété par mille échos... amour !
Au ſein de cet Eden, j'admire ta colline,
Tes jardins, tes clochers, ta Vierge aux rayons d'or,
Dont la blonde ſtatue en ſouriant domine
Cette grande cité pour la bénir encor.

Dans les ſiècles paſſés, j'entends la voix de Rome
T'appeler ville des Céſars ;
Aujourd'hui la France te nomme
Reine du commerce & des arts.

Fière cité, ſois orgueilleuſe
D'avoir un rang ſi glorieux ;
Reſte grande toujours, & toujours ſois heureuſe,
C'eſt le ſouhait de mes adieux.

LE LION DU RHONE.

De l'antique cité l'étendard fe déploie,
Balancé dans les airs, brillant de pourpre & d'or.
Acclamé par la foule avec des cris de joie,
Ne femble-t-il pas prendre un radieux effor ?
Place au lion altier, ce glorieux fymbole
Dont le royal afpect fait friffonner d'orgueil :
On a vu les rayons de fa fauve auréole
Refplendir dans les jours de triomphe ou de deuil.

Hourrah pour le lion, fier fouverain du Rhône,
Qui de fa noble image embellit un blafon;
Et, fort d'une grandeur qui n'irrite perfonne,
Fait admirer à tous fon magique écuffon ;
Dans les fiècles paffés, dans le courant des âges,

3

Partout on le retrouve en fuzerain vainqueur;
S'il eft calme parfois, il brave les orages,
Plaçant toujours bien haut fon éclatant honneur.
Jadis, on célébrait les empereurs de Rome
Ici même, où le fang des martyrs a coulé...
Où font-ils ? Dieu les a brifés comme un feul homme,
Lugdunum eft debout, à la gloire appelé ! —
Le lion de Venife a mordu la pouffière,
La mer ne reçoit plus l'anneau du fiancé,
Mais notre beau lion à l'ardente crinière,
Ne pourra voir jamais fon preftige effacé.

Silence ! un cri finiftre a retenti dans l'ombre,
L'ouragan a paffé sur le trône des rois...
On frémit, on fe cache... un navire qui fombre
Entend moins de fanglots, moins de mourantes voix !
Ah ! le lion du Rhône eft énergique encore,
Un fiége de dix ans ne le domptera pas ;
Il ne s'incline point devant ceux qu'il abhorre,
Et *Commune-Affranchie* eft grande en fes combats.

France & Lyon ! bientôt un brillant météore
Va dorer de fes feux les beaux jours renaiffants ;
De la gloire voici la féduisante aurore,
La Victoire a toujours des attraits raviffants.

Le lion a rugi! dans fes fières narines
Il a fenti paffer le fouffle des déferts,
Alors que contemplant de fanglantes ruines,
Il mêlait fes accents aux fauvages concerts.

Mais la Paix! elle eft douce & chère à l'Induftrie,
Lion majeftueux, tu la chéris encor;
La Paix! c'eft le bonheur de ma belle patrie,
Une Paix glorieufe avec des ailes d'or!
Du commerce & des arts elle eft la protectrice;
La Paix fait façonner la foie et le velours,
Faire entrer, doux rivaux, les artiftes en lice,
Créer de jeunes fleurs & fourire aux Amours.

Tu peux unir ton nom à de fublimes chofes,
Lyon, tu vas l'égal de l'aigle roi des airs;
Lorfqu'au fein des honneurs un inftant tu repofes,
Tu ne dors que d'un œil comme au fond des déferts;
Tu rêves au commerce, à la gloire, à la France,
L'avenir eft à toi, fier amant de Lyon!
Puiffe mon beau pays, bercé par l'efpérance,
S'enorgueillir toujours de fon noble lion!

PHILIS DE LA TOUR-DU-PIN DE LA CHARCE

QUI SAUVA LE DAUPHINÉ AU XVIIe SIÈCLE.

I

Qui dira les beautés de nos chères montagnes,
Leur afpect à la fois doux & majeftueux,
Le velours chatoyant de nos vertes campagnes,
De nos torrents fi fiers les bruits impétueux ?
Les hauts fapins font voir leurs charmantes aigrettes
Sur nos pics élancés fe dreffant dans l'azur ;
Il eft d'étroits fentiers fur ces fauvages crêtes
Qu'un chamois feulement peut fuivre d'un pas fûr,
Mais en bas, des chemins pleins de mouffe odorante
Font pour les voyageurs de plus riants détours,
On paffe, deux à deux, fous la brife enivrante,
    En devifant de fes amours.

L'œil s'arrête étonné... ces fites grandiofes
Dans leur hymne ingénu favent parler de Dieu;
Sur nos monts alpéens couverts de vapeurs rofes,
On lit fon divin nom comme en lettres de feu;
Puis, qu'il eft doux de voir d'adorables vallées,
Corbeilles de verdure embaumant à l'entour,
Légères oafis où fe font écoulées
Les heures de bonheur de ces heureux d'un jour.
Agrefte Dauphiné, berceau de mon enfance,
Que l'Artifte d'en haut créa fi radieux,
Pour célébrer ici ton jour de délivrance,
  Que n'ai-je un luth mélodieux !

II

O France ! perdras-tu ta première province !
Un héros favoifien veut ce joyau royal
Digne de faire naître un caprice de prince ;
Il accourt, il arrive !... et ton peuple loyal,
Tes foldats, tes feigneurs, ton roi, le roi fuprême,
Le roi-foleil enfin, tous tremblent à la fois,
La plus brillante fleur de fon beau diadème,
Va peut-être manquer au fouverain des rois.

Que faire en cet inftant? n'eft-il plus d'efpérance?
On délibère, hélas! quand l'ennemi s'avance!
Mais le fecours du ciel à la France eft donné;
Un bras de jeune fille arrêtera l'orage;
Seconde Jeanne d'Arc, elle en a le courage,
    L'héroïne du Dauphiné!

De Nyons idole charmante,
Brune enfant à l'œil velouté,
Oh! permets auffi que je chante
Et ta valeur & ta beauté!
Tu me rends fière d'être femme,
N'es-tu pas notre jufte orgueil?
Cher ange aux longs regards de flamme,
Nous te faifons un doux accueil!

O ma rofe éclatante et pure,
Ton parfum fe répand fur nous;
De ta glorieufe parure
Plus d'un guerrier ferait jaloux,
Mais dans ton raviffant fourire,
On reconnaît la femme encor;
Ta grâce ne peut fe décrire,
Noble fleur au calice d'or!

III

Sur le feuil du manoir, la jeune châtelaine
Harangue fes vaffaux, les braves Dauphinois ;
Le vent vient agiter fes beaux cheveux d'ébène,
Et l'écho nous redit les accents de fa voix :

— Aux armes ! dit Philis en montrant fon épée,
Aux armes, mes amis, il faut vaincre ou mourir !
Ma confiance en vous ne fera pas trompée,
Et le fang des héros ne doit jamais tarir.
Oui, celui des Dauphins bouillonne dans mes veines,
Je faurai commander des hommes tels que vous ;
Sauvons notre pays divifé par les haines,
Le joug de l'étranger ferait affreux pour nous.
Il faut courir vers Gap, vers Embrun ; la Durance
N'eft pas franchie au moins par tous ces Savoyards ;
En avant, mes amis, volons à la défense
D'une terre facrée, ô mes bons montagnards ! —

Elle monte à cheval, elle ordonne, électrife ;
L'enthoufiafme eft tel que l'on voit friffonner
Ces hommes de granit, ainfi que fous la brife ;

On aperçoit les flots de la mer moutonner.
Un fimple drapeau blanc décoré de fes armes,
De celles du pays, s'improvife à l'inftant;
Sa mère, hélas! fa mère a répandu des larmes,
Mais Philis la raffure, elle efpère, elle attend!
Son touchant cri d'appel réveille nos montagnes,
Mieux que le mâle accord d'un fonore clairon!
Elle va s'illuftrer par fes nobles campagnes,
On brave tout danger en murmurant fon nom.

Ah! quel fpectacle affreux vient attrifter fa vue!
Près de Gap, des hameaux ont été dévaftés;
Le feu de l'ennemi s'élève dans la nue,
Il eft temps d'arrêter ces lâches cruautés.
Philis fait auffitôt éteindre l'incendie,
Et donner des fecours aux pauvres payfans
Dont le chaume eft brûlé, dont le regard mendie
Non de l'or, croyez-moi, mais des mots confolants.

On fe remet en marche à travers mille entraves
Que peuvent feuls brifer ces hommes du pays;
Rien ne faurait calmer les élans de ces braves,
L'amour du fol natal les a tous envahis.

On furprend l'étranger; la vaillante amazone
Tombe avec fes foldats fur lui comme l'éclair;

Son courage viril jamais ne l'abandonne,
L'audace, à fes côtés, fe refpire dans l'air :
— Vive le roi, dit-elle, & que Dieu nous protége! —
Partout on voit Philis combattre au premier rang ;
Une balle a paffé près de fon front de neige,
Une autre a découpé fon beau panache blanc,
Une troifième enfin frappe un ami fidèle,
Son cheval, compagnon de fes hardis combats ;
Elle eft invulnérable, et tout gliffe fur elle ;
Philis pourrait mourir qu'on ne le croirait pas.

A ce premier échec, le prince de Savoie
Recule épouvanté, comme un lion furpris ;
Tout en reconnaiffant que le Seigneur envoie
Un fauveur à la France, un bouclier fans prix.

IV

La lune, blanche fœur des tremblantes étoiles,
Dans fa pure clarté vient d'apparaître aux cieux ;
Le doux ange des nuits a déplié fes voiles ;
Depuis trois jours, Philis n'a pas fermé les yeux.
La fatigue la brife, & l'illuftre guerrière
Se couvre d'un manteau sur l'humide terrain,

Et dort fous l'œil de Dieu, calme, impofante & fière,
En attendant l'appel, l'affaut du lendemain.

On nous vante toujours le fommeil de Turenne,
De Turenne dormant fur l'affût d'un canon,
La veille des combats ; mais ici notre reine
A, pour le furpaffer, un véritable don ;
C'était un homme, lui !... quand une faible femme
Imite ce qu'ont fait quelques rudes héros,
Elle plane au-deffus de tous par fa grande âme,
Et l'on doit admirer fes fublimes travaux.

Dors en paix, ô vierge intrépide,
Avec ton fouris triomphant ;
La pudeur, ta plus noble égide,
Veille fur toi, ma douce enfant !
Le refpect de tous t'environne,
Dors dans ce fimple & fier manteau ;
La Gloire treffe une couronne
Deftinée à ton front fi beau !

Sous ce rayon qui te careffe,
Comme un baifer venu du ciel,
Mieux que Diane chafféreffe,
Brille d'un éclat immortel !

Dors près de ce drapeau fans tache,
La terreur de tes ennemis.
Ton nom gracieux fe rattache .
Aux fuccès de notre pays !

Soudain, on la réveille ; elle vient palpitante,
A travers les taillis, avec fes Dauphinois,
Guetter les Savoyards, dont la marche imprudente
Se trahit par l'écho de téméraires voix.
Bientôt notre héroïne ordonne la bataille ;
L'acier brille, le fer fiffle de toutes parts ;
On la voit, radieufe au fein de la mitraille,
Se jeter au-devant d'odieux étendards ;
De l'étranger bientôt on fonne la déroute,
Et meurtri, tout fanglant, il déferte ces lieux ;
De la rude Savoie il regagne la route,
Se croyant pourfuivi par l'archange des cieux.

V

Un long cri de triomphe a traverfé la France,
Un de ces cris qu'exhale un peuple en liberté !
Ah ! l'on ne reffent plus cette amère fouffrance,
La crainte de tomber fous un joug détefté ;

Le Dauphiné s'éprend de fa libératrice,
Sur le trône, partout, on parle de Philis;
De la France on la nomme auffi la protectrice,
N'a-t-elle pas fauvé fa province & les lis?...

Nyons, réjouis-toi dans ton amour de mère,
Car ta fille adorée a vaincu le tombeau !
Non, fa gloire n'eft pas une gloire éphémère,
Délivrer fon pays eft un acte fi beau !
Son virginal laurier t'ennoblit tout entière,
C'eft un riche blafon que l'on peut t'envier. —
Qu'importe que Philis foit fous la froide pierre,
Quand tout le Dauphiné ne faurait l'oublier !

L'AIGLE PRISONNIER

AU PETIT-SÉMINAIRE DE VALENCE.

Que fais-tu là captif dans cette étroite cage,
Noble amant de la foudre, ô fouverain des airs,
Avec tes yeux ardents qui convoitent l'orage ?...
Rêves-tu des forêts les fublimes concerts ?...
Ton regard eft fi plein d'une vive fouffrance,
Que l'on se fent ému devant un fort pareil ;
Mon royal prifonnier, es-tu fans efpérance ?
Aigle, n'iras-tu plus contempler le foleil ?...

Tu l'aimais, le foleil ! ta fauvage tendreffe
Pour ce fuprême chef des globes lumineux
N'a pas pu s'effacer dans tes jours de détreffe,
Tu languis de le voir rayonnant de fes feux.

Allons ! il faut de l'air, du foleil, de l'efpace,
Dans tes ferres il faut un fceptre indépendant,
Et tu dois afpirer à la première place !...
Vains défirs ! tu réponds par un cri déchirant !

Refpirer à longs flots l'ambroifie éthérée,
Hélas ! tel eût été le charme de tes jours ;
Sur les rochers perdus dans la voûte azurée,
Tu ne verras jamais ton nid & tes amours ;
Jamais tu n'entendras la voix de ta compagne,
De tes aiglons jamais tu ne fuivras l'effor,
Alors que défertant les bois & la montagne,
Ils iraient s'enivrer dans les nuages d'or !

Toi qui pourrais monter jufqu'aux fommets des mondes,
Tu ne peux faire un pas dans ce trifte réduit ;
Et toi qui briferais des entraves immondes
Tu fubis, en tremblant, la torpeur de la nuit ;
Les éclairs de tes yeux feuls fcintillent dans l'ombre
Pour révéler à tous ton refte de fierté ;
Tels, deux brillants fanaux, sur une côte fombre,
Montrent de l'Océan l'auftère majefté.

Voilà fouvent le fort des héros de la terre,
Ils font rois, il eft vrai ! mais le pâtre des champs,

Qui connaît de fes bois le raviffant myftère,
Préfère fa houlette aux fceptres éclatants ;
Le fémillant bouvreuil aime fon nid de mouffe,
Il laiffe à l'aigle hautain le trône & les grandeurs,
Mais fa vie eft légère, il la trouve fi douce,
En chantant le beau ciel, la verdure & les fleurs !

LE SOUVENIR DE MADAME RÉCAMIER

A LYON.

Au fein des vieilles tours que tapiffe le lierre,
Entre leurs murs noircis, lézardés par le temps,
Sur la mouffe verdâtre ou fur l'antique pierre,
On voit briller parfois, fourire du printemps,
Une charmante fleur, fous la rofée éclofe,
Exhalant autour d'elle une fuave odeur ;
Sur fon calice d'or le regard fe repofe,
Et fa douce beauté femble porter bonheur.

Dans le creux fi profond d'un chêne féculaire,
Orgueil de nos forêts, abri des paffereaux,
Naît fouvent la pervenche à la nuance claire,
Quittant pour ce vieux nid le bord riant des eaux.

Les rochers impofants tenant tête à l'orage,
Les monuments altiers drapés dans leur grandeur
Portent avec amour le frais œillet fauvage,
Comme pour réjouir leur févère fplendeur.

Tel, l'ancien Lugdunum, lorfque avant la tempête,
Il vit s'épanouir une royale fleur,
Perle de grâce exquife & rêve de poète !
Dans le ciel incertain radieufe lueur !
Ne te fouviens-tu pas de fa beauté naiffante,
De fon charme ingénu dont on a tant parlé ?..
Lyon, tu te fouviens de ta fleur raviffante
Qu'éclairait un fourire enivrant & perlé !

De ce fiècle elle fut la plus douce merveille;
Tu peux revendiquer cet ange féminin,
Oh ! c'était ta parure à nulle autre pareille,
Son nom répand fur toi comme un reflet divin.
Elle avait dans les traits tant d'aimable harmonie,
Et dans fon noble cœur tant de pur dévoûment !
Elle était le foutien d'un fublime génie,
Son aftre protecteur jufqu'au dernier moment.

A *Corinne* exilée elle refta fidèle,
Attachant fa belle âme à cette âme de feu,

La confolant toujours & s'oubliant pour elle,
Difant avec regret qu'elle faifait trop peu !...
Vos deux noms font unis pour jamais dans l'hiftoire,
Colombe éblouiffante, aigle au vol folennel ;
Près de vous un fceptique aurait enfin pu croire
A la fainte amitié, ce don de l'Eternel.

Belle d'une beauté gracieufe & françaife,
Bijou de la nature en fes jours de faveurs,
Cifelé fous ton ciel, ô cité lyonnaife,
Chafte idole, elle avait de fiers adorateurs ;
Maffèna, pour voler fans ceffe à la victoire,
Voulait d'elle un ruban, talifman précieux
Qu'il portait fur fon cœur : il rencontrait la gloire !..
On ferait mort cent fois pour l'éclat de fes yeux.

Qu'elle était admirable ! auffi, dans un autre âge,
Lyon, dans le lointain d'un brillant avenir,
Tu montreras encor fa délicate image,
Ce doux legs filial, ce touchant fouvenir.
Ton orgueil pourra dire, ainfi que Cornélie :
—Voyez, c'était ma fille & mon premier tréfor !
La France n'avait point de rofe plus jolie,
Blanche rofe d'amour, noble femme au cœur d'or !

UN BEAU NOM DAUPHINOIS.

Son souvenir pourtant t'ennoblit & te flatte,
Grenoble, dis-moi donc, qu'as-tu fait, mère ingrate,
  Pour ton jeune & brillant tribun
Qui fut se signaler, au fort de la tempête,
Par son beau dévoûment pour Marie-Antoinette,
  Et fut loyal comme pas un ?..

Son timbre généreux, sa parole éloquente
S'harmonisaient si bien avec son âme ardente
  Vibrant au nom de liberté !
Oui, ce fut un instant sa grande & fière idole,
Mais lorsqu'il vit tomber la trompeuse auréole,
  Son esprit fut désenchanté.

Les larmes des beaux yeux d'une charmante reine
Dont il ne connut pas la majesté sereine
  Aux jours d'orgueil & de bonheur,

Ces larmes, on le fait, remuèrent fon âme ;
Il s'inclina devant la grandeur d'une femme
  En vrai courtifan du malheur.

Il tint fur fes genoux l'enfant aux boucles blondes,
Aux prunelles d'azur fi douces, fi profondes,
  Le jeune & radieux Dauphin !
En revenant, hélas ! de ce trifte Varennes,
Ce voyage femé de tant d'affreufes peines !
  Que d'épines fur ce chemin !...

L'enfance & la beauté, la vertu, l'innocence,
Tous ces nobles tréfors qu'un cœur d'élite encenfe,
  Emurent notre Dauphinois ;
Il n'eut plus qu'un défir, de mourir pour la reine,
Ou de fauver la France avec fa fouveraine,
  Leur confacrant fa grande voix !

Barnave, le pays s'honore de ta gloire,
Il eft touché de voir, dans la fanglante hiftoire,
  Refplendir ton dernier moment !
Meurs, jeune homme !.. Ah ! mourir, mourir alors qu'on
          [aime,
Pour ceux qu'on aime auffi, c'eft le bonheur fuprême ;
  Meurs martyr de ton dévoûment !

FRANÇOIS Ier A VALENCE.

I.

Des cloches on entend les fonores volées ;
Un cortége d'enfants & de vierges voilées,
    De hauts feigneurs & d'échevins,
Marche, & redit fon nom dans des tranfports d'ivreffe :
— Le roi ! vive le roi ! — La foule alors fe preffe ,
    En répétant de gais refrains.

    Vieux cri qui gagnais des batailles,
    Elan qui perçais des murailles,
Tu retentis au loin pour ce brillant Valois !
    Il aime fa ville jolie,
    De fa grâce feule embellie,
Et c'eft un chevalier que ce beau roi François.

3

C'eſt de plus un Auguſte, aimant l'art & la gloire,
Demandez à Vinci qui vivra dans l'hiſtoire !
  Demandez à notre Bayard !
Quand on parle de gloire il faut nommer la France !
Elle a toujours quelqu'un pour prouver ſa vaillance,
  Elle n'eſt jamais en retard !

II

Il vient, accompagné de l'héritier du trône,
Presque un enfant encor, n'ayant d'autre couronne
  Que celle de ſes blonds cheveux,
Couronne ſi légère ! & les ennuis ſuprêmes
Que cachent trop ſouvent de riches diadèmes
  N'avaient point terni ſes beaux yeux.

Tu ſouris, pauvre enfant !.. c'eſt ta dernière fête
Ah ! le ſceau de la mort marque ta jeune tête,
  Un Dauphin, vois-tu, peut mourir...
La mort compte pour rien une auguſte naiſſance
Et les fleurs d'une vive et fraîche adoleſcence...
  La cruelle fait tout périr !

Mais, chut ! voici les jeux qui succèdent aux danses,
En ton honneur, enfant, et joyeux, tu t'élances,
  Tout fier de ton agilité ;

Les bravos frémiffants t'excitent... fous le chaume,
On dira ton adreffe, & les gens du royaume
    Vanteront ton habileté...

Le Dauphin eft vainqueur ! — La fueur ruiffelante
Inonde fa figure enjouée & charmante,
    Sous un magnifique foleil ;
Il a foif, — on lui donne un verre d'eau glacée,
Sans fe douter, hélas ! qu'une main empreffée
    Hâte ainfi fon dernier fommeil !

Bientôt l'enfant pâlit ; il pâlit, il friffonne,
Il tremble, & l'on foutient fa royale perfonne...
    Les violettes de la mort
Se gliffent fur fon front, fur fon beau front d'albâtre ;
Le délire furvient, & la fièvre bleuâtre
    Triomphe du jeune homme fort !..

III

Un voile de trifteffe eft tombé fur Valence ;
François premier accourt, fa douleur eft immenfe,
    Il eft père avant d'être roi !..

—Mon fils !.. — Quelle amertume en ce feul nom lui-
[même,
Alors qu'il voit périr ce premier-né qu'il aime !..
    Et le peuple eft faifi d'effroi...

Le peuple, en ce temps-là, s'attachait à fon maître...
Aujourd'hui.. Mais je vais un peu trop loin, peut-être...
    Oh ! ne parlons que de ce deuil !
Quel contrafte, mon Dieu ! commencer par des fêtes,
Fouler à chaque pas des rofes fi coquettes,
    Puis foudain trouver un cercueil !

Vous paffez comme un rêve, ô fplendeurs de ce monde,
Comme paffent des fleurs fur le courant de l'onde,
    Comme un vol d'oifeaux émigrants ;
Que de cris ont pouffés des voix pleines de charmes,
Depuis ce jour !.. les rois ont répandu des larmes,
    Et le malheur les a faits grands !

MARCEAU ET ANGÉLIQUE DES MELLIERS

EN 1793.

L'heure fombre a fonné, le fang des bons ruiffelle,
L'échafaud s'eft dreffé comme un affreux géant ;
Tout s'engloutit, hélas ! dans le gouffre béant,
Même le doux efpoir, la fuprême étincelle ;
Non, non, l'amour furvit fur ces débris encor !
L'amour pur, cette fleur qui brave la tempête ;
Tel, l'épi fous la faux courbe fa blonde tête,
Mais conferve longtemps fon royal reflet d'or !

En ce temps-là vivait, ange parmi les anges,
Noble entre tous auffi, l'être le plus charmant
Qui puiffe rayonner dans l'efprit d'un amant ;
Ce délicat faphir, au-deffus de ces fanges,

Brillait de cet éclat qui rejaillit de Dieu ;
Jeune fille adorable, étoile radieufe,
Avec ton beau regard & ta voix gracieufe,
Au nid de ta famille il te faut dire adieu !

Pauvre enfant ! qu'as-tu fait pour être une victime ?...
On l'amène, tremblante, au général Marceau,
Mais, comme elle, il eft jeune, il eft bon, il eft beau !
Et bien que féparés tous deux par un abîme,
L'abîme focial, ils fe font reconnus...
Le lion devient humble & doux comme une femme,
Ils fe font devinés avec les yeux de l'âme
Pour avoir mêmes cœurs, nobles, grands, ingénus.

Marceau veut la fauver, il la conduit lui-même,
En mentor empreffé, gardien refpectueux,
Sous un toit habité par des gens vertueux
Qu'il connaît, qu'il honore, où dès longtemps on l'aime :
— Oh ! je vous la confie & vous m'en répondez
Tout comme de ma fœur !...... — fans qu'on puiffe
                                              [l'entendre,
Il dit : — ma fiancée !... — avec un air plus tendre.—
— Courage, ô jeune fille, efpérez, attendez !...

Je vais aller bientôt combattre pour la France,
La frontière devient le poste de l'honneur,
Et votre nom fera mon talisman vainqueur !...
Je saurai, s'il le faut, mourir pour la défense
De notre cher pays !... Afin de soutenir
Cet élan du guerrier, qu'il ait de vos nouvelles !...
Les heures sans cela pour lui feraient cruelles,
Mais, avec cet espoir, il pourra les bénir ! —

Il part, en emportant la ravissante image
De la blonde Angélique au sourire d'enfant.
Tant qu'il la sait tranquille, il combat triomphant ;
Combien son souvenir lui donne de courage !
Un jour, peut-être... un jour... qui dira son bonheur,
Alors qu'il rêve, hélas ! qu'elle sera sa femme ?
Sa femme !... ce doux nom enivre sa grande âme,
Son fier regard caresse une frêle lueur... —

A Laval, que devient la belle jeune fille ?
De ses hôtes nouveaux elle se fait aimer,
Oh ! tout en elle aussi ne pouvait que charmer ;
On la compte bientôt comme de la famille ;
Déjà, son cœur d'élite a peur de les trahir :
— Mes amis, je suis noble & je suis royaliste ;
Si l'on me surprenait chez vous, ce serait triste !
Je vous compromettrais !... je préfère mourir ! —

Elle dit, & malgré les plus vives inftances,
L'ange s'éloigne & va tout droit fe dénoncer;
Dans fa prifon pourtant elle peut annoncer
Au général Marceau fes nouvelles fouffrances;
Elle femble lui dire encore : — A mon fecours !... —
A ce touchant appel, il pleure, il court, il vole,
Il arrive à Paris plus prompt que la parole,
Obtient la liberté de fes chères amours.

Dieu ! qu'il lui tarde auffi d'atteindre la Vendée !
Quelques heures encor, plus que quelques inftants...
Il approche et fe dit : — Deux cœurs feront contents ! —
De bonheur n'a-t-il pas l'ame tout inondée ?
Son rêve, fon doux rêve, il va donc s'accomplir !
Mon héroïque enfant, ô blonde fiancée,
Toi, fon bel idéal, fon unique pensée,
Tu vas mettre en fes mains ta foi, ton avenir...

Avec un air ému, tu diras : — Je vous aime !
Pour la première fois, en baiffant tes grands yeux.
Quand viendra donc ce jour, cet inftant radieux
Où tu n'appartiendras qu'à fon amour fuprême,
Où tu partageras fa gloire avec orgueil,
Où ta main frémira dans fa main fi loyale,

Où le premier baifer fur ta tige royale,
Ma rofe, effacera de trop longs jours de deuil !...

. . . .

Mais une horreur foudaine arrête ce mirage,
Pitié, Seigneur ! pitié ! tout fon fang s'eft glacé !...
Devant lui quel affreux cauchemar a paffé !...
L'échafaud ! l'échafaud ! le tourbillon, l'orage !...
On n'entend que des cris de haine & de fureur ;
Le bourreau montre au peuple une tête navrante,
La chevelure d'or eft toute ruiffelante
De fang !.. Il reconnaît la reine de fon cœur !

. . . .

O défefpoir ! quelle eft ton amère puiffance !
Le guerrier fe lamente, il veut mourir auffi !..
Non, jeune homme, un héros ne peut finir ainfi ;
Vous perdez votre rêve... il vous refte la France !..
La gloire, dites-vous, n'eft plus rien fans l'amour,
C'eft peu de chofe, hélas ! mais votre âme attendrie
Murmure avec ferveur le nom de la patrie ;
Ah ! pour vous confoler, mourrez pour elle un jour !..

LES ALPES DAUPHINOISES.

A M. DIDIER-SERRE.

Juge au tribunal de Valence, ancien ami de ma famille.

O mes belles Alpes bleuâtres,
Que les artiftes idolâtres
Adorent au fond de leurs cœurs,
Vous que je vois de ma fenêtre,
Souvent vous me faites connaître
Toutes vos royales fplendeurs !

Après les perles de l'aurore,
Le foleil du matin vous dore
De mille reflets radieux ;
Sur le granit de votre faîte,
L'aigle vient repofer fa tête,
Portant le tonnerre des dieux !

C'eſt là qu'il pouſſe un cri ſauvage
D'indépendance ou de carnage,
Hymne ardent à la liberté !
Roi des Alpes, je te ſalue,
Toi qui t'élèves dans la nue
Avec tant de fière beauté !

Dieu, qui veille ſur un brin d'herbe,
A créé votre front ſuperbe,
Front d'améthyſte ou de lapis,
En bas, ſont d'agreſtes fleurettes,
Œillets, pervenches, violettes,
Digitales, muguets & lis.

On aſpire dans votre eſpace
Une douce briſe qui paſſe,
Comme paſſe un friſſon d'amour;
Nobles Alpes, c'eſt votre haleine,
De cent aromes elle eſt pleine,
Elle rafraîchit nuit & jour.

Sous votre robe virginale,
Votre voile de neige pâle,
Vous avez des attraits nouveaux;

Toujours brillantes, élancées,
Vous reſſemblez aux fiancées,
Blanches fleurs ſous de blancs manteaux.

Oui, dans votre horizon immenſe,
La grandeur de Dieu, ſa puiſſance
Se révèlent à chaque inſtant ;
Vous êtes ſon œuvre ſublime,
Comme le cèdre dont la cime
Tremble près du gouffre géant.

Ecoutez la voix des rafales
Qui redit, de ſes accents mâles,
Votre gloire des temps paſſés ;
O monts à la mine orgueilleuſe,
Dans ſon allure impétueuſe,
Annibal vous a traverſés !

Ah ! vous retentiſſez encore
Du nom éclatant & ſonore
Des Dauphins rudes guerroyeurs ;
Jaloux de leurs Alpes ſi belles,
Ils s'en faiſaient les ſentinelles ;
On craignait ces hardis ſeigneurs.

Dans les archives delphinales
De ces époques féodales,
On retrouve leurs fiers exploits,
Et fur les maffives tourelles,
Viennent gémir les hirondelles,
Comme pour pleurer fur ces rois. —

Vous avez vu plus d'un orage
Depuis ce douloureux paffage
D'un faint vieillard, d'un vrai martyr ;
Avez-vous befoin qu'on le nomme ?
Augufte pontife de Rome,
Il fouffre & ne fait que bénir ! —

Voici le temps de la victoire
Qui grandit encor dans l'hiftoire,
Voici le moderne Céfar !
Les Alpes & les Pyramides
Treffaillent fous fes pas rapides,
L'enthoufiafme fuit fon char ! —

O mes belles Alpes bleuâtres,
Mieux vaut le doux chant de vos pâtres

Respirant un calme enchanteur,
Mieux vaut une vie écoulée
Au fond d'une pauvre vallée
Que l'éclat même d'un vainqueur !

UN DAUPHIN DE FRANCE

SAUVÉ PAR DEUX PAYSANS D'ALLEX (DRÔME).

Ce foir, on eſt heureux dans la pauvre cabane,
Et le vieux bûcheron ne s'eſt pas endormi ;
On chante, en entourant l'humble rouet de Jeanne,
Tout eſt gai, juſqu'au chien, vif & bruyant ami.
Pourquoi donc cette fête au fein de la chaumière ?

— Ah ! nous avons fauvé monſeigneur le Dauphin !..
Contez cela, beaux gars à l'allure ſi fière,
Je vous écouterai vraiment juſqu'à la fin.

— Nous étions dans le bois, ce joli bois de chênes,
Où l'on aime dormir au chant du roſſignol,

Où l'on fent, le matin, de fi fraîches haleines,
Où l'oifillon léger prend fi gaîment fon vol,
Quand tout à coup arrive un grand taureau fauvage,
L'œil en feu, mugiffant & rafant le terrain,
Et le rude animal trouve fur fon paffage
Le fils, le noble fils de notre fouverain !..
Il le tenait déjà, pour le broyer peut-être....
Mais nous avons couru bien vite à fon fecours ;
Ah ! le ciel nous aidait, car lui feul eft le maître,
Et lorfqu'il arme un bras, il triomphe toujours.

Le Dauphin nous a dit : — Je vous dois l'exiftence,
Je veux récompenfer votre beau dévoûment ;
Amis, je vous demande avec beaucoup d'inftance
D'accomplir vos fouhaits en cet heureux moment ;
Que voulez-vous de moi !..
                              — Monfeigneur, dans l'hiftoire,
Il nous plairait affez d'être nobles un jour ;
Pauvres nous refterons, mais nous voulons la gloire
De vous avoir fauvé, mon prince, avec amour !
Le Dauphin nous a dit : — C'eft bien, votre nobleffe
Recevra, dès demain, fes lettres, fon blafon ;
Vos arrière-neveux diront votre proueffe,
Que l'on admirera non fans jufte raifon. —

Voilà tout, oui, c'eſt là notre ſimple aventure,
Et le cœur me battait bien moins fort que ce ſoir;
Je ne crains pas la mort, allez, je vous le jure;
Il eſt doux de mourir en faiſant ſon devoir!

Je ſuis noble, mais pauvre, & j'épouſerai Jeanne
Auſſi pauvre que moi! que nous ferons joyeux!
Oh! quelle noce alors, père, dans la cabane,
Ajouta le jeune homme, en ouvrant de grands yeux...
Et le vieillard ſourit de ce bonheur immenſe,
Il étendit la main comme pour les bénir:
— Vous avez délivré le fils du roi de France,
Aujourd'hui, mes enfants, je puis enfin mourir!

LA FÉE DU ROCHER DE CRUSSOL.

I

Allons ! il eſt minuit, c'eſt l'heure du myſtère ;
Sous la lune brillante on peut apercevoir
Le vieux rocher muet, ſa ſilhouette auſtère
Se dreſſe menaçante, ainſi qu'un ſpectre noir.
Conduis ta brune fée, ô ma blanche cavale ;
Sur la rive du Rhône il eſt doux de courir ;
Combien les farfadets aiment ta robe pâle ! —
Mais courage ! voici la montagne à gravir.

Quelle plainte mélancolique
Sort pour moi de la roche antique
Et ſe mêle à la voix du vent !...
Silence ! ſilence ! j'écoute...
Ne hennis plus, car c'eſt ſans doute
L'écho que je cherche ſouvent... —

Impofants & derniers veftiges,
Murs hautains, que de vrais prodiges
Vous avez vu de fa valeur !
Que fes fuccès me rendaient fière !...
Jufqu'au jour où la trifte pierre
Vint recouvrir ce noble cœur !

Trois grands fiècles ont fui, pourtant, je l'aime encore,
Je le fens, il était fi royalement beau,
Avec fes cheveux blonds comme ceux de l'aurore ! —
Chaque foir, à minuit, je viens fur fon tombeau.
C'était mon fiancé, le rêve de mon âme.
Ah ! nous allions bientôt prononcer ce ferment,
Ce doux ferment d'amour que défirait fa flamme —
Tout s'eft évanoui pour moi dans un moment !...

Il me fouvient que ces ruines
Ont vu paffer heures divines,
Heures qui ne reviennent pas !
Quand les yeux fixés fur la plaine,
J'écoutais, me contant fa peine,
Roger... qui repofe là-bas !...

Il difait : — ô ma douce amie,
L'onde bleuâtre eft endormie,

Mais non pas l'amour dans mon cœur !
Je t'aime comme l'efpérance,
Je t'aime autant que notre France,
Plus que moi, mais moins que l'honneur ! —

Mon âme treffaillait à ces nobles paroles,
A ces accents émus, à ces naïfs élans,
Que la brife emportait aves fes ailes folles
Jufqu'aux cieux de faphirs, jufqu'aux nuages blancs !
Plus que trois jours alors pour être fa compagne,
Tout s'apprêtait, hélas !... le voile de l'hymen
Se déployait charmant, comme fur la montagne
Une vapeur légère au reflet argentin.

Le caftel préparait la fête,
Pour la raviffante brunette
Que l'on trouva fous un ormeau.
La châtelaine fut fa mère,
Et jamais une peine amère,
N'avait terni fon œil fi beau ! —

Or, Roger... j'en frémis encore !
Etait un être qu'on adore,
Ou qu'on ne hait pas à demi ;

Et parmi fes compagnons d'armes,
Un monftre fit couler mes larmes,
En brifant fon bel ennemi !

Pourquoi ?... pour mes yeux noirs & leur éclair fu-
[prême...
Alors, j'euffe voulu n'avoir plus de beauté...
Lui ! mort dans un duel, en répétant : — Je l'aime !..
Expirant à minuit !... quel coup me fut porté !...
Cher Roger, je reviens pour vifiter ta tombe,
A l'heure où tout repofe, & j'afpire dans l'air
Ce dernier mot d'amour, fi doux à la colombe,
Que tu fus m'adreffer en mourant fous le fer ! —

. . . .

II

Quand le friffonnement des brifes matinales
    Annonce le lever du jour,
Quand les rayons du ciel cherchent les rofes pâles
    Pour leur fourire avec amour,
Lorfque l'infecte vert vient danfer fur la branche
    En acrobate audacieux,

Se faifant admirer de l'aubépine blanche,
    Ce frais tréfor tombé des cieux,
Il paffe, il paffe un fouffle embaumé d'efpérance,
    C'eft le fouffle aimé du matin,
C'eft un je ne fais quoi plein de douce puiffance
    Qui prolonge un rêve divin !

Ainfi l'âme s'éveille aux beaux jours de la vie,
    Se baignant dans des rayons d'or ;
Souvent l'illufion flatte fa jeune envie,
    On veut vivre toujours, encor !...
Puis, le dégoût furvient, la coupe d'amertume
    Eft avalée en foupirant,
Trifte verre d'abfinthe à la trompeufe écume,
    Pauvre défefpoir déchirant !
Alors, on veut mourir... ô refuge fuprême,
    Ouvre-toi pour une âme en deuil !
Un faule, un noir cyprès, voilà tout ce qu'on aime,
    Avec des pleurs fur un cercueil ! —

Moi je ne puis mourir, car je fuis une fée,
    Quel fort, hélas ! eft donc le mien !...
J'habite loin d'ici, mais ma plainte étouffée
    Parfois murmure un nom... le fien !...

4

Le paffant croit entendre alors la douce brife,
　　Il ne voit rien, car c’eft le jour,
Je ne fors que la nuit... Voici la brune Elife,
　　La fée aux fouvenirs d’amour !
Quand le voile du foir s’étend fur cette plaine
　　Où le Rhône court, fier géant,
Où Valence s’endort fous une molle haleine,
　　Ecoutez !... je paffe en pleurant !

LE PETIT PATRE.

Oh ! oui, j'aime bien quelque chofe,
Moi petit pâtre de douze ans,
Moi que l'on dit mignon & rofe,
Comme une rofe du printemps.

Ce que j'aime c'eft mon village,
Ma mère & mon joli chalet,
Ma jeune fœur au doux vifage,
Et mon troupeau frais & coquet.

Ce que j'aime c'eft ma houlette,
Mon épagneul, mon chalumeau ;
Puis mon hamac ou la couchette
Qui me berce comme un berceau.

Ce que j'aime c'eſt la campagne,
Un ciel tranquille & de grands bois,
Un air bien pur & la montagne
Que je gravis comme un chamois.

Ce que j'aime c'eſt le ramage
De l'alouette & du pinſon ;
Pour mieux écouter leur langage,
· Parfois je ſuſpends ma chanſon.

Ce que j'aime c'eſt la caſcade....
Elle bouillonne au fond du val,
Et je reçois ſon accolade
Avec ſes longs jets de criſtal.

Ce que j'aime c'eſt la verdure,
Ce charmant tapis de nos prés,
Tous les tréſors de la nature :
Fleurs, parfums, beaux épis dorés.

Ce que j'aime c'eſt l'ermitage
Du bon vieux moine aux cheveux blancs,
Qui me dit toujours : — Soyez ſage,
Dieu bénit les petits enfants !

Ce que j'aime c'eſt la chapelle
Où le dimanche nous allons,
Dès que la cloche nous appelle
De ſes plus joyeux carillons.

Ce que j'aime c'eſt la prière
Que j'offre au Seigneur vers le ſoir,
Lorſque la lune eſt ma lumière,
Et l'onde du lac mon miroir.

A UNE PETITE FILLE.

Charmante enfant, gracieux perfonnage,
Qui chaque jour venez me vifiter,
Vous avez tous les attraits de votre âge,
Oh ! laiffez-moi, laiffez-moi vous chanter !

Pour vous, joyeufe enfant, la vie eft une fête,
Vous fouriez toujours, vous ignorez les pleurs,
Les pleurs qui font chez nous une noire tempête ;
Vous rêvez chaque nuit de jouets & de fleurs.

Votre tréfor ce font les baifers d'une mère,
Ah ! que vous êtes riche avec ces doux baifers !
Ceux qui ne les ont plus n'ont plus rien fur la terre ;
Ces baifers fur un front chaffent les noirs penfers.

Claire, goûtez toujours un bonheur fans mélange,
Voilà mon plus doux vœu : puiffe-t-il s'accomplir !
Oui, puiffiez-vous toujours refter un petit ange,
Et puiffent la Madone & les faints vous bénir !

LE BLUET.

Ta couleur eſt celle des cieux,
O turquoiſe des blondes gerbes !
Ton aſpeſt eſt plus gracieux
Que celui de nos fleurs ſuperbes ;
Mais je ne veux point te ravir
A ces lieux où tu viens d'éclore ;
Ailleurs, on te verrait mourir,
Ici, tu dois briller encore.

A la roſe, reine des fleurs,
A l'œillet aux fraîches odeurs,
Au jaſmin, à la primevère,
Petit bluet, je te préfère.

Le bengali, charmant & pur,
S'éloignant d'un climat propice,
T'a-t-il laissé tout son azur
En s'ébattant sur ton calice?...
Que j'aime ta naïveté,
Fleur des champs qu'un zéphir caresse !
Chef-d'œuvre de simplicité,
Souris toujours à la jeunesse.

A la rose, reine des fleurs,
A l'œillet aux fraîches odeurs,
Au jasmin, à la primevère,
Petit bluet, je te préfère.

A travers un rayon du jour,
Tu nous séduis & l'on t'admire,
Le poète, en des chants d'amour,
Te chante parfois sur sa lyre ;
Près du coquelicot pourpré,
Et de la blanche marguerite,
Vis joyeux dans ton champ doré
Où la brise embaumée habite.

A la rose, reine des fleurs,
A l'œillet aux fraîches odeurs,

Au jasmin, à la primevère,
Petit bluet, je te préfère.

Mais quand viendra le moissonneur,
Crains de tomber sous sa faucille ;
Plutôt que d'avoir ce malheur,
Si jamais une jeune fille
Veut te mettre à ses blonds cheveux,
Ne gémis pas, ô ma fleurette ;
L'or qui pare tes champs heureux,
Tu le trouveras sur sa tête !

LES BRUITS CHAMPÊTRES DU MATIN.

Déjà la nuit s'eſt envolée,
L'aurore accourt dans la vallée,
Voici le doux timbre argentin,
Tin, tin, tin, tin, tin, tin, tin, tin,
Qui s'échappe de la clochette
Des troupeaux qui broutent l'herbette.

L'air eſt frais, ſonore & charmant;
Au point du jour on peut entendre
Plus d'une voix ſuave & tendre;
Tous les oiſeaux chantent gaîment,
Lançant leurs perles muſicales
Au ſein des briſes matinales;
Ce n'eſt qu'un hymne en ce moment!

Déjà la nuit s'eſt envolée,
L'aurore accourt dans la vallée,
Voici le doux timbre argentin,
Tin, tin, tin, tin, tin, tin, tin, tin,
Qui s'échappe de la clochette
Des troupeaux qui broutent l'herbette.

Le coq, vigilant troubadour;
Le premier réjouit l'oreille,
Les autres coqs, — & c'eſt merveille !
Vont lui répondre tour à tour ;
Joyeuſe et vive chanſonnette,
Qu'à chaque heure le coq répète,
Unie aux échos d'alentour.

Déjà la nuit s'eſt envolée ·
L'aurore accourt dans la vallée,
Voici le doux timbre argentin,
Tin, tin, tin, tin, tin, tin, tin, tin,
Qui s'échappe de la clochette
De troupeaux qui broutent l'herbette.

Faut-il oublier l'angélus ?
Au loin, un village s'éveille
Du profond ſommeil de la veille,
L'angélus ſonne... on ne dort plus ;

Sonne encore, ô cloche myſtique,
A la fois ſimple & poétique ;
On dirait le chant des élus.

Déjà la nuit s'eſt envolée,
L'aurore accourt dans la vallée,
Voici le doux timbre argentin,
Tin, tin, tin, tin, tin, tin, tin, tin,
Qui s'échappe de la clochette
Des troupeaux qui broutent l'herbette.

Sous un rideau de ſaules verts,
Un moulin ſémillant babille ;
Son onde murmure & frétille,
Tous les deux ont des bruits divers ;
Chaque muſicien s'étale,
Il n'eſt pas juſqu'à la cigale
Qui doit oublier ſes hivers !

Déjà la nuit s'eſt envolée,
L'aurore accourt dans la vallée,
Voici le doux timbre argentin,
Tin, tin, tin, tin, tin, tin, tin, tin,
Qui s'échappe de la clochette
Des troupeaux qui broutent l'herbette.

Les pâtres avec leurs hautbois
Complètent ce concert champêtre,
Tandis que les agneaux vont paître,
Ils chantent, chantent & parfois,
Ainfi qu'une lueur nouvelle,
L'âme, à leur infu, fe révèle
Dans tous les accents de leur voix !

Déjà la nuit s'eft envolée,
L'aurore accourt dans la vallée,
Voici le doux timbre argentin,
Tin, tin, tin, tin, tin, tin, tin, tin,
Qui s'échappe de la clochette
Des troupeaux qui broutent l'herbette.

Nature aux bruits mélodieux,
J'aime ton agrefte harmonie,
La plus favante fymphonie
N'eft point fon égale à mes yeux,
Et ton air fi pur me ravive ;
Comme une frêle fenfitive,
Je cherche tes foins en tous lieux.

DIANE DE POITIERS

ET UNE BERGÈRE DAUPHINOISE, A SAINT-VALLIER (DRÔME).

L'azur du ciel fourit dans fa magnificence,
Les rayons du foleil viennent fe repofer
Sur les rofiers en fleurs, le mois de mai commence,
Et les petits oifeaux fe donnent un baifer ;
Ils fe difent tout bas mille chofes charmantes,
Peut-être favent-ils le fecret du bonheur !
Le bouvreuil l'apprend-il à fes jeunes amantes,
Faut-il le demander au roffignol rêveur ?... —

— Les princes ne l'ont pas dans leurs riches demeures,
Ce bonheur qui nous fuit & nous fuira toujours ;
L'orgueil eft fatisfait, mais triftes font nos heures,
Des larmes ont mouillé les robes de velours...
O paix des champs !... mais non, je fuis ambitieufe,
Ma fplendide beauté veut régner à Paris,
Je domine le roi ! fa tête infoucieufe
Ne voit que par mes yeux dont il eft tant épris. —

Que j'aime Saint-Vallier & mon caftel d'Etoile !
Vivre & mourir ici je le rêve parfois !...
Ce ferait me cacher comme fous un long voile,
Et moi je veux briller près du trône des rois !
Pourtant fi le bonheur était là.., mais filence !
On chante dans le bois,.. ô naïve chanfon !...
C'eft une paftourelle, & fon âme s'élance
Avec le jeune oifeau qui fort de ce buiffon.

Raviffante était la mignonne,
Blonde fillette de feize ans ;
Comme la perle qui rayonne,
Ses attraits étaient féduifants.

Elle avait collerette blanche,
Avec de légers rubans bleus,
Une quenouille fur la hanche,
Et des diamants dans les yeux.

— Le beau Petit-Pierre m'adore,
Pour m'époufer au premier jour ;
Je fuis fraîche comme l'aurore,
Dit-on, mais j'ignore l'amour...

Je rougis lorfqu'il me dérobe
Un baifer, parfois, en riant,
Ou quand il me tire ma robe,
Et je gronde alors, m'enfuyant...

Mais dès que je ferai fa femme,
Loin de moi toutes ces rigueurs !
Combien j'aimerai la chère âme !...
Son fort fera brodé de fleurs.

Je vois d'ici notre ménage :
De rofes, de gentils marmots
Gazouiller : maman !... Quel ramage
Feront leurs voix & leurs fabots !...

J'aime mieux être une bergère
Que la belle dame du roi ;
Ma quenouille eft blonde & légère...
Chut ! voici quelqu'un près de moi !...

— N'ayez pas peur, enfant !... fi l'on vous faifait reine,
Avec de beaux atours ?... — Oh ! Madame, merci !
Mais faudrait-il, hélas ! pour être fouveraine,
Abandonner ma mère... & Petit-Pierre auffi ?. .

— Oui, furtout ce dernier…—Gardez votre couronne,
J'aime mon fiancé, je veux vivre en l'aimant,
C'eft donc l'amour, cela ?… dame, vous êtes bonne
De m'avoir révélé ce doux fecret charmant ! —

Une larme brilla dans les grands yeux de Diane,
Elle fourit bientôt, baifant au front l'enfant,
Attachée à fon chaume, ainfi que la liane
Etroitement unie à l'arbre triomphant :
— Tiens, ma fille, je veux te marier à Pierre,
Voici ta dot, dans ce réfeau couleur des cieux,
Couleur de ton regard !… montre-moi ta chaumière,
Et qu'avant mon départ, je faffe des heureux ! —

Devant le frais bonheur de la noce champêtre,
La dame de Poitiers & de Valentinois
Se fentit remuée au fond de tout fon être,—
Mais les grandeurs auffi l'appelaient de leurs voix;
Le lendemain, la ville était encore en fête ;
On entendait le bruit des carroffes dorés,
Et dans l'un, on voyait l'éblouiffante tête
Dont les charmes, dit-on, furent tant admirés.

LA VIGNE DE L'ERMITAGE

A TAIN (DRÔME).

Sur ces coteàux charmants qui dominent le Rhône,
Une fée aux yeux bleus apparut une fois ;
Ses beaux cheveux d'aurore avaient pris pour couronne
Des pampres délicats, & de fa douce voix
Elle chantait un hymne à l'aimable efpérance ;
Les Sylphes l'écoutaient, heureux & pleins d'amour ;
Ah ! notre Dauphiné, verte Erin de la France,
Dans fes jours gracieux peut bien compter ce jour.

On aimait tout d'abord la raviffante fée,
Radieufe, adorable & mutine fouvent ;
Sa baguette & des fleurs étaient tout fon trophée,
On la voyait paffer comme paffe le vent ;

Mais quand elle voulait s'arrêter fur fa route,
En un fite enchanteur, elle accordait toujours
Quelque bienfait nouveau,—l'on devine sans doute
Que des reines ont pu faire ainfi de nos jours. —

—Oh ! madame la fée, affeyez-vous bien vite,
Difaient les payfans, — ils font un peu fûtés, —
Voyez, le temps eft noir, nous vous offrons un gîte,
L'éclair brille déjà dans les cieux attriftés ;
Entendez le tonnerre ! il gronde, il gronde encore,
Reftez donc avec nous pour nous porter bonheur,
Vous qu'un royal reflet en fouriant décore,
Restez ! — Mes bons amis, j'accepte de grand cœur...

Et l'on fe met à l'œuvre : on fert un frais laitage,
Et la châtaigne auffi que Virgile chantait,
Des pommes & du miel ; — un heureux badinage
Préfide à ce repas où la joie éclatait.
— Il est fi doux d'avoir une fée à fa table,
Penfaient ces fins matois, —il faut leur pardonner,
Car la mifère, hélas ! trop fouvent les accable ;
La fée a tout compris : elle faura donner !

— Amis, voyez le ciel dont le bleu s'illumine,
La tempête a ceffé, l'efpoir revient auffi ;

Vous m'avez accueillie en la douce chaumine,
Je veux vous accorder beaucoup plus qu'un *merci*.
Gravissons maintenant vos si belles montagnes
Se chauffant au soleil comme des lézards verts ;
Amenez vos enfants, vos charmantes compagnes,
Respirons les parfums s'exhalant dans les airs. —

Alors, tout doucement détachant sa couronne,
La fée aux yeux d'azur jeta sur les coteaux
Ses pampres, & soudain, — la fée était si bonne ! —
On vit ces monts couverts des raisins les plus beaux ;
Elle marquait ainsi son gracieux passage ;
La vigne s'étendit en ce lieu fortuné,
Un nectar en sortit, délicieux breuvage
Qui porte au loin le nom de notre Dauphiné !

LA MORT

Halte-là, voyageur, tu n'iras pas plus loin !
Je fuis la Mort ! la Mort ! tout fuit à mon approche ;
Si mon bras n'eft qu'un os, mon vieux cœur eft de roche,
    Et de tes cris je n'ai nul foin !

        Ainfi, courant à perdre haleine
        Dans le tourbillon des plaifirs,
        Tu n'attendais pas cette reine
        Qui brife tes plus doux loifirs !...
        Vois-tu ? je porte un diadème,
        Ma faux eft le figne fuprême
        De ma terrible royauté ;
        Ce fceptre eft partout refpecté,
        Comme celui de Dieu lui-même !

Halte-là, voyageur, tu n'iras pas plus loin,
Je fuis la Mort! la Mort! tout fuit à mon approche ;
Si mon bras n'eft qu'un os, mon vieux cœur eft de roche,
    Et de tes cris je n'ai nul foin !

    Le Seigneur m'a foumis la terre,
    Jamais on ne peut me prier ;
    Plus rapide que le tonnerre,
    D'un feul coup je fais foudroyer.
    En vain de plaintes on m'accable,
    Mon oreille eft inexorable,
    Aucun homme n'eft écouté ;
    De même que la vérité,
    Mon ordre eft toujours immuable.

Halte-là, voyageur, tu n'iras pas plus loin !
Je fuis la Mort! la Mort! tout fuit à mon approche ;
Si mon bras n'eft qu'un os, mon vieux cœur eft de roche,
    Et de tes cris je n'ai nul foin !

    Tes projets grands comme les mondes,
    Prenaient un vol audacieux ;
    Tel, l'oifeau des forêts profondes
    S'enfuit & monte jufqu'aux cieux ;

Fier de la beauté de ton être,
Parfois tu me narguais peut-être,
Et tu t'élevais un autel !...
Mais en ce jour, ô dieu mortel,
Apprends enfin à te connaître !

Halte-là, voyageur, tu n'iras pas plus loin !
Je fuis la Mort ! la Mort ! tout fuit à mon approche ;
Si mon bras n'eft qu'un os, mon vieux cœur eft de roche,
Et de tes cris je n'ai nul foin !

Sans doute on eût dit, à t'entendre,
Que je te ferais grâce un jour ;
Non, non, je ne fuis pas fi tendre !
Reçois ma vifite à ton tour !...
Oui, je viens, malgré ta jeuneffe,
Malgré cette immenfe richeffe
Qui t'entoura dès le berceau,
Te broyer comme un vermiffeau ;
Aujourd'hui, vers toi je m'abaiffe !

Halte-là, voyageur, tu n'iras pas plus loin !
Je fuis la Mort ! la Mort ! tout fuit à mon approche ;
Si mon bras n'eft qu'un os, mon vieux cœur eft de roche,
Et de tes cris je n'ai nul foin !

Tu trouves un peu trop auftère
Mon vifage tout décharné,
Mais bientôt, bientôt, dans la terre,
Le même air te fera donné !...
Pourtant je fuis plus belle encore
Que tous ceux qu'un cercueil dévore ;
Regarde, je me fie à toi ;
Ces fpectres ont-ils comme moi
La majesté qui me décore ?

Halte-là, voyageur, tu n'iras pas plus loin !
Je fuis la Mort ! la Mort ! tout fuit à mon approche ;
Si mon bras n'eft qu'un os, mon vieux cœur eft de roche,
Et de tes cris je n'ai nul foin !

Allons ! allons ! que l'on s'apprête,
Puifque le fort en eft jeté ;
Allons ! allons ! la tombe eft prête !
En marche vers l'Eternité !
Tu ne m'étais point sympathique,
Mais, dans ma tendreffe ironique,
Je te fais un don, pour toi feul :
Beau feigneur, je t'offre un linceul,
Pourquoi le voir d'un œil oblique ?...

Halte-là, voyageur, tu n'iras pas plus loin !
Je ſuis la Mort ! la Mort ! tout fuit à mon approche ;
Si mon bras n'eſt qu'un os, mon vieux cœur eſt de roche,
    Et de tes cris je n'ai nul ſoin !

LE PETIT GROOM.

Auprès d'un brillant équipage,
Qu'admiraient beaucoup d'envieux,
Un enfant au charmant vifage
Baiſſait triſtement ſes yeux bleus :
— Ah ! ſe diſait-il, ſur la terre,
Que de richeſſes ! & pourtant,
Moi, je préfère ma chaumière,
Rendez-la-moi, je l'aime tant !

Pourquoi le ſeigneur du village,
En careſſant mes blonds cheveux,
Diſait-il : — Vraiment, c'eſt dommage
Que ce bel enfant ſoit chez eux !

Alors, une maifon princière
Me nomma fon groom, & pourtant,
Moi, je préfère ma chaumière,
Rendez-la-moi, je l'aime tant !

On m'a mis des habits de fête,
Avec des galons tout dorés ;
Puis, pour compléter ma toilette,
J'ai des gants foyeux & brodés ;
Je fuis toujours le petit Pierre !..
Un peu plus coquet, mais pourtant,
Moi, je préfère ma chaumière,
Rendez-la-moi, je l'aime tant !

C'eft dans une grande demeure
Que j'habite, on fait y jouir ;
L'heure fans ceffe mène à l'heure
Apportant un nouveau plaifir ;
Toute leur famille en eft fière,
C'eft fi magnifique ! & pourtant,
Moi, je préfère ma chaumière,
Rendez-la-moi, je l'aime tant !

Je monte avec affez d'adreffe
Mon petit cheval andalou,

Qui, pour me prouver fa tendreffe,
Bondit près de moi comme un fou ;
Son œil, fon port & fa crinière,
Tout fait me féduire, & pourtant,
Moi, je préfère ma chaumière,
Rendez-la-moi, je l'aime tant !

Déjà j'ai fait un long voyage,
Conduit plus vite que le vent ;
Je parcours mainte et mainte plage
Dont la beauté m'émeut fouvent ;
J'ai vu Paris, & fa lumière
M'éblouit encore, & pourtant,
Moi, je préfère ma chaumière,
Rendez-la-moi, je l'aime tant !

Lorfque en paffant, les belles dames
Viennent me parler, je fouris,
Mais je pense à ces bonnes femmes
Qui, chez nous, m'appelaient leur fils !..
Des pleurs brillent fous ma paupière,
On me croit heureux, & pourtant,
Moi, je préfère ma chaumière,
Rendez-la-moi, je l'aime tant !

Par ma douceur & ma fageffe,
J'ai ramaffé quelques louis ;
Si je les baife avec ivreffe,
Les couvant de mes yeux ravis,
C'eft qu'ils feront tous pour ma mère,
Pour ma fœur, la jolie enfant !
Car je veux revoir ma chaumière,
Rendez-la-moi, je l'aime tant !

Rendez-moi mon habit de bure,
Mes fabots blancs, mon feutre noir,
Notre frugale nourriture,
Les travaux des champs jufqu'au foir ;
Rendez, rendez au petit Pierre
Son chien fidèle qui l'attend,
L'humble foyer de fa chaumière,
Et fa mère qu'il aime tant !

LA PERVENCHE.

Il eſt un frais tréſor amoureux de la briſe,
Adorable de charme en ſa corolle exquiſe,
C'eſt ma chère pervenche, un gracieux ſaphir,
Que l'on pourrait nommer : fleur de la ſympathie ;
Dans la mouſſe on la voit fidèlement blottie
Près du myoſotis, l'ami du ſouvenir.

O fleur printanière,
Tu dis la première :
Voici les beaux jours !
La demeure altière,
La pauvre chaumière
T'aimeront toujours !

Et la fiancée,
Doucement bercée

Par ſes rêves d'or,
Te voyant roſée,
Charmante, iriſée,
Te jalouſe encor !

Mais la roſe blanche
Sur ſon front qui penche
Doit briller un jour,
Radieuſe branche,
D'où parfois s'épanche
Le parfum d'amour.

Dans tes bois ſauvages
Tout pleins de ramages,
Tout pleins de ſenteurs,
Et de frais ombrages,
Loin des noirs orages,
Reſte avec tes sœurs !

Puis, ſur l'humble pierre
Couverte de lierre,
Où j'irai dormir,
Dans le cimetière,
Cède à ma prière,
Viens t'épanouir !

Fleur qui nais quelquefois près du criſtal de l'onde,
Mire tes yeux d'azur que la lumière inonde ;
Tes feuilles d'émeraude ou de brillant ſatin
S'entrelacent ſouvent comme par ſympathie ;
Vous buvez les rayons de la voûte attiédie,
Et vous vous enivrez des larmes du matin.

LES TROUBADOURS.

Qui n'a rêvé dans son enfance
Les bons troubadours d'autrefois,
Si fiers de leur noble indigence,
Fiers furtout de leur belle voix ?

Qui n'a regretté cette lyre
Dont les fons calmaient les douleurs,
Et ce poétique délire
Tout plein de parfums & de fleurs ?

Ces méneftrels, de la montagne
Defcendaient, chantant à plaifir,
Comme l'oifeau dans la campagne
Chante auffi pour nous réjouir.

Ils vous racontaient leur hiftoire,
Puis ils célébraient leurs tournois,
Ces jeux brillants où la victoire
Rendait plus heureux que des rois.

Souvent leur complainte attendrie
A la foule arrachait des pleurs;
Au malheureux qui fouffre & prie
L'aumône apportait des douceurs.

Affis à la table du maître,
Sous fon beau toit hofpitalier,
Les troubadours faifaient renaître
Par leurs chants plus d'un chevalier.

Nos pères aimaient l'harmonie,
Ils comprenaient bien mieux que nous
La fuavité du génie,
Ils en étaient prefque jaloux.

Salut, falut, ô moyen-âge,
Temps heureux de naïveté,
Où les preux chantaient fous l'ombrage
La vertu, l'honneur, la beauté !

C'eſt pour nous un lointain magique,
Cette époque de nos aïeux,
Et leur ſouvenir ſympathique
Semble un écho mélodieux !

FRÈRE ET SŒUR.

Frère, viens dans le bois ruiſſelant de roſée
   Chercher des fraiſes & des fleurs ;
Hier, la terre encore était tout embraſée,
   Mais l'aurore a verſé ſes pleurs.

   Ecartons bien vite les branches ;
   Voici de petites fleurs blanches,
   Simples, modeſtes, ſans apprêt ;
   Je les aime ainſi, leur parure
   Eſt vraiment ſi fraîche & ſi pure !
De me faire rêver elles ont le ſecret.

   — Aux fraiſes je rêve de même...
   Petite ſœur, dis-moi : Je t'aime,

Donne un baifer, encor, encor !
Et puis, cède-moi ta cueillette !..
Oh ! merci, chère blondinette,
Tant de fraifes ! quel doux & succulent tréfor !

— Je donne de toute mon âme,
Maman dit que je ferai femme
Pour connaître le dévoûment,
Qu'il faut déjà que je commence
A plier mon adolefcence...
Réponds-moi, qu'en dis-tu, petit frère charmant ?

— Je dis... ma foi ! je dis que ces fraifes font belles,
Et bonnes furtout à ravir !
— Tu ne m'as pas laiffé même quelques parcelles,
Mais te voir content, c'eft jouir !...

MA MÈRE.

Elle était belle, elle était bonne,
Et fon fourire careffant,
Et le charme de fa perfonne,
Tout en elle était raviffant !

Avec fes grands yeux pleins de flamme,
Limpide & rayonnant miroir,
Où fe reflétait fa belle âme,
On la difait fi douce à voir !

Et moi jamais je ne l'ai vue !...
Mais fes lèvres ont dû pofer
Souvent fur ma tète ingénue
Plus d'un tendre & charmant baifer !

Hélas ! la pauvre jeune mère
Ne favait pas que mon berceau
Voilait une exiftence amère,
Plus amère que le tombeau !

Combien j'eus une aube funefte !
La rofe tomba... mère, adieu !
Tu pars & ton nourriffon refte !...
Pourquoi me la voler, mon Dieu ?

Oh ! je plains l'orphelin qui pleure,
Frêle rofeau battu des vents !
Il eft foucieux avant l'heure,
Il connaît déjà les autans ! —

Premier parfum, premier murmure
Chaffant toute coupe de fiel,
Prononcé par une voix pure,
Ma mère eft un mot plein de miel !

LE CYGNE.

Du cygne voyez-vous la robe éblouissante
Glisser, glisser encor sur l'onde transparente ?
Tel qu'un léger navire, aux voiles d'un blanc pur,
Il navigue avec grâce au sein des flots d'azur.
Oh ! comme il paraît fier ! oh ! comme il vient s'ébattre !
Mollement il balance un brillant cou d'albâtre ;
Flattez-le, flattez-le, vous le verrez, joyeux,
Lisser avec amour son plumage soyeux ;
Il sait bien qu'il est beau, lui qui toujours se mire !
Allez, vous n'avez pas besoin de le lui dire,
Car le lac complaisant, reflétant son portrait,
Lui révèle tout bas, sans oublier un trait,
Les dons que le Seigneur répandit sur le cygne,
Sa blancheur, & surtout cette noblesse insigne
Qui donne tant de charme au moindre mouvement ;
Le lac n'est point trompeur & jamais il ne ment,

Et, nouvel Adonis, ayant vu fon image,
Le cygne eft devenu la fleur de ce rivage,
Fleur qu'emportent les vents, qui réfifte à l'été
Et qui, même en hiver, fleurit en liberté.

LE SECRET D'HÉLÈNE.

Sous la raviffante feuillée,
La douce fauvette éveillée
Murmure fon duo d'amour ;
Sur les verts buiffons de la rive,
Une voix fuave & plaintive
Sait lui répondre tout le jour.

« Gentil oifeau qui m'as charmée,
Ainfi que toi je fuis aimée,
Mais je cache à tous mon bonheur ;
Pour la timide jeune fille,
Il n'eft, au fein de fa famille,
Qu'un feul appui dans un feul cœur.

G

Dans une filiale étreinte,
A ma mère je dis fans crainte
Tous les rêves de mon printemps ;
Ma mère, c'eft ma Providence,
Près d'elle, mon adolefcence
Croit aux purs amours de vingt ans.

Mais le monde rit en profane
Devant la clarté diaphane
Que projette un doux fentiment ;
Il faut cacher fon frais myftère,
Ne le révéler qu'à fa mère,
Qu'aux étoiles du firmament.

Ma mère, noble & douce femme,
Que l'on appelle une grande âme,
Parle comme un beau livre d'or !
En careffant ma tête blonde,
Parfois de pleurs elle m'inonde,
Elle va perdre fon tréfor !..

Bientôt cette tête adorée,
De la fleur d'oranger parée,
Un autre pourra la baifer !..

Ce n'eſt pas qu'elle ſoit jalouſe :
Mon gracieux voile d'époufe,
Elle veut bien me le poſer.

Mais ſa blanche & mignonne Hélène,
Charmant oiſillon de la plaine,
Quittera le nid maternel !
J'entends déjà ſa voix chérie
Se voiler, craintive, attendrie !..
C'eſt le ſeul nuage à mon ciel !

Ah ! lorſqu'*il* me dit : — Je vous aime !
En treſſaillant comme moi-même,
Il cherche à lire dans mes yeux,
Pour voir ſi leur azur reflète
L'amour que mon âme diſcrète
Garde pour le jour des aveux. »

Pourtant ſous l'humide feuillée,
La jeune fauvette éveillée
Module ſon doux chant d'amour ;
Sur les verts buiſſons de la rive,
Une voix ſuave & plaintive
Sait lui répondre tout le jour !

MADELEINE ET ANDRÉE.

Fleurs de la même tige, à vous grâce & bonheur !
Les enfants & les fleurs, ce font les mêmes chofes,
Et votre jeune mère, en regardant les rofes,
Peut dire : J'en ai deux, Madeleine & fa fœur !

Oifeaux du même nid, fous l'aile maternelle,
Prenez vers l'exiftence un fouriant effor !
Que pour vous l'avenir foit plein-de rayons d'or !
Un bon père conduit votre heureufe nacelle.

Le papillon, jaloux de vos charmants attraits,
Vous accufe d'avoir dérobé fa fveltelle ;
Le doux myofotis que la brife careffe
Vous dit : Petites fleurs, ne vous fanez jamais !

Quoi ! vous faner ! oh ! non, ce ferait grand dommage ;
Vous êtes feulement le matin d'un beau jour ;
Quand on a d'une mère & les foins & l'amour,
L'on peut s'épanouir fans redouter l'orage.

Lutins qui fouriez de l'aube jufqu'au foir,
Angelets aux yeux bleus, à l'auréole blonde,
Sur vos fronts de fatin, limpides comme l'onde,
Vos parents ont écrit : —Notre orgueil ! notre efpoir !

LE TONNERRE.

Succède aux longs éclairs qui fillonnent la nue,
Tonnerre, gronde encore avec ta grande voix,
Déploie en t'agitant une force inconnue,
Et fais trembler les monts, les plaines & les bois.

N'es-tu pas le géant des fphères éternelles,
Habitant de l'efpace & de l'immenfité ?
O roi des éléments, couronné d'étincelles,
L'univers reconnaît ta fauvage beauté !
Devant toi tout s'incline, & la terre & les ondes,
Tu parles... tout fe tait ; ton fublime courroux
Pénètre jufqu'au fein des cavernes profondes,
Miniftre obéiffant d'un Dieu jufte & jaloux.

Succède aux long éclairs qui fillonnent la nue,
Tonnerre, gronde encore avec ta grande voix,
Déploie en t'agitant une force inconnue,
Et fais trembler les monts, les plaines & les bois.

L'ouragan ! l'ouragan ! voilà ton fombre empire !
Lorfque tu veux régner le ciel perd fon azur,
Les oifeaux leur gaîté, les femmes leur fourire,
Tout s'enveloppe alors d'un long nuage obfcur ;
Soudain, tu retentis, tu tombes & retombes,
Le feu répond au feu fur le noir firmament,
Et la pluie, & la grêle, & l'air glacial des tombes,
Ce lugubre cortége arrive en un moment.

Succède aux longs éclairs qui fillonnent la nue,
Tonnerre, gronde encore avec ta grande voix,
Déploie en t'agitant une force inconnue,
Et fais trembler les monts, les plaines & les bois.

Quel eft l'ange chargé du foin de te conduire
A travers tous les cieux, à travers les autans ?
Chaque étoile pâlit, s'efface, ne peut luire
Près du finiftre éclat que toi feul tu répands ;

Mais les lieux où ta gloire en entier fe révèle,
Ce font les hauts fommets où niche l'oifeau-roi,
Où d'échos en échos ton bruit fe renouvelle,
Où le pâtre t'écoute en fe fignant d'effroi.

Succède aux longs éclairs qui fillonnent la nue,
Tonnerre, gronde encore avec ta grande voix ;
Déploie en t'agitant une force inconnue,
Et fais trembler les monts, les plaines & les bois.

Sur les écueils des mers battus par la rafale,
Tu pourfuis le trois-mâts luttant contre les flots ;
Hélas ! bientôt il fombre, il pouffe un dernier râle...
L'océan l'engloutit avec fes matelots...
Plus qu'un linceul mouvant ! plus qu'un hymne funèbre !
Ton cri fourd des héros fonne le glas de mort...
L'étrange fête ainfi grâce à toi fe célèbre...
Seul, l'alcyon plaintif femble pleurer leur fort...

Succède aux longs éclairs qui fillonnent la nue,
Tonnerre, gronde encore avec ta grande voix ;
Déploie en t'agitant une force inconnue,
Et fais trembler les monts, les plaines & les bois.

Comme un lion royal, frémiſſant de colère,
Rugit, exhale au loin ſa belliqueuſe ardeur,
Tu veux vomir ſur nous ta rage meurtrière
Et fuir en tourbillons de rougeâtre vapeur ;
As-tu donc une ſoif horrible de vengeance ?
Si le ciel t'écoutait, tu frapperais toujours ;
Tu n'invoques jamais la divine clémence,
Foudroyer eſt l'amer plaiſir de tes beaux jours !

Succède aux longs éclairs qui ſillonnent la nue,
Tonnerre, gronde encore avec ta grande voix ;
Déploie en t'agitant une force inconnue,
Et fais trembler les monts, les plaines & les bois.

Mais, ſi tu veux frapper, épargne la chaumière,
Ce pauvre & cher abri de quelques malheureux,
Ce toit hoſpitalier d'une famille entière !...
Arrête !... arrête donc ! ou plutôt choiſis mieux :
Tombe dans notre fleuve !... ah ! l'onde eſt ton épouſe,
Voilà bien un objet vraiment digne de toi ;
Si tu tombais ailleurs, elle ſerait jalouſe ;
Sache, fier combattant, ſache garder ta foi !

Succède aux longs éclairs qui fillonnent la nue,
Tonnerre, gronde encore avec ta grande voix ;
Déploie en t'agitant une force inconnue,
Et fais trembler les monts, les plaines & les bois.

LA SŒUR DU PRISONNIER.

Voilà donc cette affreufe & fombre fortereffe,
Redoutable donjon, véritable tombeau,
Où languit tout vivant l'objet de ma tendreffe,
    Mon frère fi bon & fi beau !

Hélas ! en ce moment il expire peut-être....
Dix ans de fers bien durs l'ont brifé fans retour !
Si je pouvais le voir & le faire renaître
    A force de foins & d'amour !

Je n'ai plus de parents, lui feul eft ma famille,
Il m'a fervi de père & de mère à la fois,
Et fa petite fœur était prefque fa fille ;
    J'ai fes traits, fon cœur & fa voix !

En vain pour lui s'offrait une illuſtre alliance,
Le nom ſacré d'époux n'avait pu le tenter,
Car j'étais, diſait-il, toute ſon eſpérance....
    Pourquoi devait-il me quitter?...

Lorſqu'on ſe croit heureux, le malheur ſe déchaîne,
Semblable à l'ouragan qui, dans les jours d'été,
Trouble ſoudain la paix d'une charmante plaine,
    Et bientôt a tout dévaſté.

Son eſprit généreux rêva l'indépendance
Du pays adoré qui lui donna le jour,
Devait-il expier par ſa longue ſouffrance
    Ce tendre & filial amour?...

Mais non, je me tairai... d'un politique orage,
D'un ſouvenir amer je ne dois plus parler;
La femme n'a reçu tant de pieux courage
    Que pour plaindre & pour conſoler.

Mon frère, voyez-vous, Italien dans l'âme,
Se conſume encor plus qu'un autre priſonnier;
Noble & fier, il eſt vif, ardent comme une flamme,
    Il ſouffre & ne peut que prier!

Il fouffre et je fuis là ! fans qu'il me foit poffible
De foulever fes fers, de calmer fes douleurs !
On me fait endurer un tourment indicible,
Laiffez-vous toucher par mes pleurs !...

Ah ! s'il pouvait revoir notre douce Italie,
Refpirer les parfums de notre air embaumé,
Habiter la villa féduifante & jolie
Qui porte fon nom bien-aimé !...

Ce ciel élyféen, cette mer fcintillante,
Ce gracieux rivage & ce bon fel marin,
Tout lui rendrait bientôt la fanté rayonnante
Qu'il poffédait à fon matin.

Je voudrais obtenir une grâce dernière,
L'embraffer une fois & mourir près de lui ;
Mais ici l'on eft fourd à mon humble prière ;
Loin de moi tout efpoir a fui !

Quatre ans ! quatre ans encor ! quelle épreuve cruelle.
Eh bien, je refterai dans ces lieux étrangers,
Et pour ce cachot noir, la colombe fidèle
Laiffera les champs d'orangers.

A mes yeux que feraient les plaisirs de la terre ?
Quand mon frère gémit, je dois gémir aussi ;
Que ne puis-je lui dire : O courage, mon frère,
  Courage, ta sœur est ici !...

Chaque jour je viendrai, solitaire & rêveuse,
Pleurer près de ce roc si fatal à mon sort ;
Je veux prouver à tous qu'une sœur malheureuse
  Sait aimer jusques à la mort !

L'ENFANT MEXICAIN

ADOPTÉ PAR LES SOLDATS FRANÇAIS A PUEBLA.

Au milieu de ces faifceaux d'armes,
De ces beaux foldats inclinés,
Et prefque émus jufques aux larmes,
Je vois, de mes yeux étonnés,
Le berceau d'un enfant timide
Qui tend vers tous fes petits bras,
Promenant fon regard humide
Autour de ce champ des combats.

Dors, cher petit, ta mère c'eft la France,
Car fes foldats viennent de t'adopter ;
Ils t'ont bercé de gloire & d'efpérance,
Pour moi je t'aime & je veux te chanter !

Dans une sombre & vaste salle,
Par où l'incendie a passé,
D'où la fumée en flots s'exhale,
Nos vainqueurs l'ont vu délaissé...
Pour attendrir leurs nobles âmes,
Ah ! fallait-il plus qu'un berceau ?...
Ils s'élancent bravant les flammes,
Et prennent l'enfant doux & beau.

Dors, cher petit, ta mère c'est la France,
Car ses soldats viennent de t'adopter ;
Ils t'ont bercé de gloire & d'espérance,
Pour moi, je t'aime & je veux te chanter !

Oh ! venez remplacer son père
Vous tous qui cachez des cœurs d'or
Sous une écorce rude & fière ;
Voyez, il vous sourit encor !...
Ces bras noircis par la mitraille
Bientôt s'ouvrent au pauvre enfant,
Et, comme en un jour de bataille,
Nos braves ont l'air triomphant !

Dors, cher petit, ta mère c'eſt la France,
Car ſes ſoldats viennent de t'adopter ;
Ils t'ont bercé de gloire & d'eſpérance,
Pour moi, je t'aime & je veux te chanter !

Son âge & ſa belle innocence
Font qu'il n'eſt pas un ennemi ;
Naïf aſcendant de l'enfance !
Chaque ſoldat eſt ſon ami ;
L'un guide ſa marche héſitante,
Un autre l'aide à bégayer,
Celui-ci l'endort ſous ſa tente,
Et tous en feront un guerrier.

Dors, cher petit, ta mère c'eſt la France,
Car ſes ſoldats viennent de t'adopter ;
Ils t'ont bercé de gloire & d'eſpérance,
Pour moi je t'aime & je veux te chanter !

Mais voici que le canon tonne,
Vaillants lions, il faut partir !
— Adieu ! la fanfare réſonne,
Cher ange, nous allons mourir !

Quand ceſſe leur brillant délire,
Ils reviennent auprès de lui;
Enfant, tu peux bien leur ſourire,
Ne ſont-ils pas ton ſeul appui?

Dors, cher petit, ta mère c'eſt la France,
Car ſes ſoldats viennent de t'adopter;
Ils t'ont bercé de gloire & d'eſpérance,
Pour moi, je t'aime & je veux te chanter!

Fleur exotique à peine éclofe,
Sur notre ſol tu grandiras,
Ainſi qu'un frais bouton de rofe,
Nos ſoins ne te manqueront pas;
Sous le ciel pur de ma patrie,
Les petits enfants ſont heureux,
C'eſt prefque avec idolâtrie
Qu'un doux regard veille ſur eux!

Dors, cher petit, ta mère c'eſt la France,
Car ſes ſoldats viennent de t'adopter;
Ils t'ont bercé de gloire & d'eſpérance,
Pour moi, je t'aime & je veux te chanter!

Hélas ! une penfée amère
Se tourne pourtant vers les pleurs
Que répand fans doute ta mère !...
Mais furvit-elle à fes douleurs ?
L'oifeau dont on rend le nid vide
Meurt de trifteffe au fond des bois...
Du trépas l'amour eft avide
Lorfqu'il fubit d'auftères lois.

Dors, cher petit, ta mère c'eft la France,
Car fes foldats viennent de t'adopter ;
Ils t'ont bercé de gloire & d'efpérance,
Pour moi, je t'aime & je veux te chanter !

Pauvre ami ! Puebla te vit naître
Dans la richeffe & le bonheur,
Tes beaux habits l'ont fait connaître ;
Va, ne pleure pas ton malheur !
Frêle tréfor aux grâces d'ange,
Butin charmant de nos fuccès,
Tu ne perdras point à l'échange :
Orphelin, tu feras Français !...

L'AMIE DU POÈTE GILBERT.

Sous un charmant berceau formé par le feuillage,
Une blonde aux yeux noirs éclatait en fanglots ;
Vingt ans ! & le chagrin pâliffait fon vifage,
Et les petits oifeaux cachés fous cet ombrage
    L'entendaient prononcer ces mots :

— Quand fur un noble front vous mettez l'auréole,
Pourquoi faut-il, mon Dieu ! l'expier par des pleurs !
Expier le génie ! ah ! la trifte parole !
Gilbert eft malheureux, non, rien ne me confole,
    Et je fouffre de fes douleurs !

Une part à fes maux c'eft ce que je réclame,
Ou ne frappez que moi ; donnez-lui le bonheur !
Mettez un doux fourire au fond de fa belle âme,
Réfervez l'amertume à mes lèvres de femme,
    Accordez-moi cette faveur !

Je ne me plaindrai pas de ces heureuſes larmes ;
Qu'importe ſi je ſouffre ! oh ! ce ſera pour lui !
A ce ſort déſiré je trouverai des charmes ;
Son nom adoucira mes chagrins, mes alarmes,
 Juſqu'à la mort comme aujourd'hui !

Ne déchirez donc plus l'âme de mon poëte,
C'eſt un vaillant eſprit, vous le ſavez, Seigneur !
Au lieu de l'éprouver, aſſumez ſur ma tête
Les cruelles rigueurs d'une grande tempête,
 Mais ſurtout épargnez ſon cœur ! —

Elle ne ſavait point, hélas ! qu'à la même heure,
Sur un méchant grabat expirait ſon ami...
Pauvre Gilbert, deſcends dans la ſombre demeure
Avec moins de regret, car un ange te pleure,
 Malheureux Orphée endormi !

LA LÉGENDE DE PAULE.

—Ce n'eſt point un rêve éphémère
Qui fait ainſi claquer mes dents ;
Avez-vous entendu, grand'mère,
Ces cris ſombres & diſcordants ?..

— Oui, répondit la vieille femme,
Ces clameurs viennent de la tour,
Où, chaque nuit, arrive une âme
Qui ſort de l'infernal ſéjour.

Cette âme.... hélas ! tremblez, mes filles,
C'eſt l'âme de ce noir baron
Qui mit en deuil tant de familles,
Et fut honni comme un félon.

A Paule, gente damoiſelle,
Jeune encore, il promit ſa foi ;
Elle était gracieuſe & belle,
Belle autant que fille de roi.

Ses vaſſaux la nommaient leur ange.....
Oh ! qu'elle était plaiſante à voir,
Quand ſur ſa longue écharpe orange
Flottaient ſes cheveux d'un beau noir !

Paule avait des yeux de pervenche,
Le ciel aimait à s'y mirer ;
Plus blanche que ſa robe blanche,
On accourait pour l'admirer.

A genoux ſur la dalle griſe,
Sa prière embaumait les airs ;
Elle tenait l'orgue à l'égliſe,
Et raviſſait par ſes concerts.

Ah ! jamais voix d'ange ou de femme
N'avait mieux monté vers les cieux ;
Ses accords réſonnaient dans l'âme,
Roulant leurs flots harmonieux.

Pour nous, la noble jouvencelle
Etait comme un être idéal
Qui, dans notre efprit, étincelle
Prefque autant qu'un feu boréal.

Lorfque Robert l'eut époufée,
Il l'aima pendant quelques jours ;
Bientôt elle fut méprifée,
Il l'abandonna pour toujours.

Pour toujours ! plût à Dieu, fans doute !
Le traître ne revint que trop ;
Un foir, fous la gothique voûte,
On ouït des pas au galop.

C'était la bouillante haquenée
De ce mécréant chevalier,
Qui, par fon affreufe menée,
Terrible, faifait tout plier.

Il defcend, entre dans la falle,
Paule y priait, verfant des pleurs :
— Mordieu ! dit-il, que l'on détale,
Je veux des chants, non des douleurs !

Et faififfant la douce femme,
Qui s'avançait pour l'embraffer,
Dans ce cœur il plongea la lame
D'un poignard habile à percer.

Sur les dalles le fang ruiffelle,
Paule expire, hélas ! fans fecours ;
Le baron repart de plus belle
Pour chercher d'indignes amours.

Mais voici qu'en route on l'arrête,
Comme un féditieux banni ;
Le ciel eft jufte, il faut fa tête,
Son forfait doit être puni.

Un combat acharné s'engage,
L'acier brille comme l'éclair ;
Le coupable écume de rage,
En brandiffant fon bras de fer.

Il vendit chèrement fa vie,
Car il favait bien guerroyer,
Enfin elle lui fut ravie
Par un géant nommé Royer.

Alors, dans la forêt ombreufe,
S'ouvrit un finiftre volcan;
Plus d'une voix myftérieufe
Criait : Honte, opprobre au tyran !

Et les démons prirent fon âme,
Et l'entraînèrent en enfer,
Tandis qu'un nuage de flamme
Venait tourbillonner dans l'air.

Le Seigneur vengeant l'innocence,
Ordonna qu'au coup de minuit,
Sous le haut beffroi qui s'élance,
Robert reviendrait chaque nuit.

Là, traînant fa lugubre chaîne,
Le damné revoit, tout fanglant,
Le beau corps de la châtelaine,
Tel qu'il le vit en l'immolant.

Rien ne peut peindre fes tortures,
Il crie & fe tourmente en vain ;
Rien n'effacera les fouillures
Empreintes fur fon front d'airain.

Ainſi l'aïeule vénérable,
Tout en ſe ſignant par trois fois,
Conta l'hiſtoire lamentable
De la douce Paule des Bois.

L'AME QUI S'IGNORE.

Voyez le lis, dont la corolle
Semble avoir charmante auréole,
Resplendir au fond d'un vallon,
Sans jamais vouloir qu'on l'admire,
Mais son parfum suave attire...
Ici la fleur change de nom...

Ainsi, la pâle violette,
Qui s'épanouit en cachette,
Cherche le calme des beaux jours
Sous son léger voile de mousse ;
Sa senteur enivrante & douce
Nous la fait deviner toujours...

Ainsi, l'étoile solitaire
Répand, dans l'ombre & le mystère,
Le pur éclat de ses rayons....
Un or céleste la décore,
Et pourtant je préfère encore
Le doux astre que nous voyons...

UNE JEUNE MALADE A SA VEILLEUSE.

Oui, brille, ô veilleuſe charmante,
Brille, brille, brille toujours;
N'as-tu pas de mes triſtes jours
La pâle lueur vacillante?

Nul que toi ne m'entend gémir,
Seule en cette exiſtence amère;
A mon chevet jamais ma mère
Ne viendra m'aider à dormir!

Oui, brille, ô veilleuſe charmante,
Brille, brille, brille toujours;
N'as-tu pas de mes triſtes jours
La pâle lueur vacillante?

Vers la tombe au linceul glacé,
En filence, je m'achemine;
Je vais paffer, pauvre orpheline,
Par où tous les miens ont paffé !

Oui, brille, ô veilleufe charmante,
Brille, brille, brille toujours;
N'as-tu pas de mes triftes jours
La pâle lueur vacillante ?

A d'autres un joyeux printemps,
Avec les rofes de la vie,
Suaves tréfors qu'on envie ;
A moi le fouffle des autans !

Oui, brille, ô veilleufe charmante,
Brille, brille, brille toujours;
N'as-tu pas de mes triftes jours
La pâle lueur vacillante ?

L'infomnie eft un lourd fardeau,
Surtout, hélas ! pour la jeuneffe ;
Lorfque le fommeil nous careffe,
Un grabat ferait trouvé beau !

Oui, brille, ô veilleufe charmante,
Brille, brille, brille toujours ;
N'as-tu pas de mes triftes jours
La pâle lueur vacillante ?

Que ton fecours eft cher pour moi !
La fombreur des nuits m'importune ;
Mais fi les bannis ont la lune,
J'ai mon petit aftre & c'eft toi !

Oui, brille, ô veilleufe charmante,
Brille, brille, brille toujours ;
N'as-tu pas de mes triftes jours
La pâle lueur vacillante ?

Je te préfère au luftre d'or,
Les grands aiment fon jeu magique ;
Oh ! toi, tu n'as rien de féerique,
Pourtant, tu me plais mieux encor.

Oui, brille, ô veilleufe charmante,
Brille, brille, brille toujours ;
N'as-tu pas de mes triftes jours
La pâle lueur vacillante ?

Plus d'un paffant qui voit, le foir,
Trembloter ta clarté douteufe,
Dit en fon âme généreufe :
Vous fouffrez, ayez bon efpoir !

Oui, brille, ô veilleufe charmante,
Brille, brille, brille toujours ;
N'as-tu pas de mes triftes jours
La pâle lueur vacillante ?

Celles qui vont danfer au bal
Remarquent-elles ma fenêtre ?
Non, non ! à leurs beaux yeux peut-être
Une larme ferait du mal !

Oui, brille, ô veilleufe charmante,
Brille, brille, brille toujours ;
N'as-tu pas de mes triftes jours
La pâle lueur vacillante ?

Ah ! fi j'apercevais ailleurs
Une humble petite veilleufe,
Je dirais : Que la fouffreteufe
Ait enfin des inftants meilleurs !..

Oui, brille, ô veilleufe charmante,
Brille, brille, brille toujours ;
N'as-tu pas de mes triftes jours
La pâle lueur vacillante ?

Bientôt il me faudra mourir,
Ne va pas t'éteindre de même ;
Sois fidèle à celle qui t'aime,
Et jufqu'à fon dernier foupir.

Oui, brille, ô veilleufe charmante,
Brille, brille, brille toujours ;
N'as-tu pas de mes triftes jours
La pâle lueur vacillante ?

Promets-moi de longtemps veiller
Auprès de ma funèbre couche ;
Avec ton langage qui touche,
Tu diras à tous de prier !

Oui, brille, ô veilleufe charmante,
Brille, brille, brille toujours ;
N'as-tu pas de mes triftes jours
La pâle lueur vacillante ?

LE MARIAGE A LA MODE.

Vive le fiècle où l'or eft le meilleur agent,
Où la lune de miel devient lune d'argent !

L'autel eft un comptoir, on époufe une bourfe ;
  Mais où donc eft le fiancé ?
  Voyez fon vifage effacé :
Il arrive du turf, de l'élégante courfe,
Ou du club ; c'eft bon genre & c'eft furtout anglais !
Tous les mots d'outre-mer déchirent fon palais ;
Que n'eft-il né, bon Dieu, plus près de la Tamife !
Pourtant, c'eft un parfait gentleman, quoi qu'on dife ;
Sa tournure eft fi raide & fon air fi gourmé !
Il ne demande pas s'il pourrait être aimé ?

Si fa promife eft douce ? elle eft dans l'opulence,
Voilà le beau côté de fa noble exiftence ;
La caiffe. Tout eft là ! — Mais il n'aimera rien ?—
— Pardon, il aimera fes chevaux & fon chien !
Le vrai bonheur intime il le met à la porte ;
          Oui, ce pauvre amour conjugal
          Eft vulgaire, il eft trivial
Pour ce fier *projet* d'homme à l'âme grande & forte.

Vive le fiècle où l'or eft le meilleur agent,
Où la lune de miel devient lune d'argent !

Mais ce n'eft pas la lune en argent diaphane,
          Au pur éclat myftérieux,
          Qui fe promène dans les cieux
Comme une blanche voile... oh ! filence, profane
Gardons-nous d'infulter le doux aftre des nuits !
Ma blonde lune, hélas! déjà, là haut, tu fuis
En voyant que des fots ont pu croire peut-être
Que je parlais de toi, belle, fans te connaître ;
Sans me gêner auffi que je te comparais
Toi, ma charmante reine aux fuaves attraits,
A cette lune rouffe, à la lune éphémère,
Qui fait tant regretter la maifon d'une mère,

A plus d'un jeune cœur froiſſé, briſé, broyé,
Enchaîné pour toujours à cet homme ennuyé,
Froid vieillard de trente ans que l'or ſeul fait ſourire,
  Qui s'abreuve de poiſon vert,
  Qui ſe dit éloquent, diſert,
Alors que le hatchish l'a mis dans le délire.

Vive le ſiècle où l'or eſt le meilleur agent,
Où la lune de miel devient lune d'argent!

Non, il n'eſt plus le temps de la chevalerie,
  Où l'on s'épouſait pour s'aimer,
  Ce ſyſtème pouvait charmer
Nos aïeux ſi naïfs ; mais nous, ô moquerie!
Nous, hommes de progrès, beaux eſprits tranſcendants
Qui prenons en pitié nos pâles aſcendants !...
Eh ! voyez donc un peu ? ces enfants ſi précoces
Pourraient-ils imiter ces généreuſes noces
Dont la première dot était encor l'amour ?...
Ils ſont trop au courant des principes du jour ;
Ils adorent la Bourſe, ils liſent le grand-livre,
Malgré leurs dix-huit ans, ils calculent pour vivre ;
Choiſiront-ils d'abord une compagne ! non,
Mais un bon ſac d'écus flanqué de quelque nom

Sonnant bien, fonnant fort dans la haute finance,
  Ils difent : Un charmant œil bleu,
  Un cœur dévoué, c'eft trop peu;
Il faut de l'or ! — Ils font plus malins qu'on ne penfe.

  Vive le fiècle où l'or eft le meilleur agent,
  Où la lune de miel devient lune d'argent !

LA JEUNE IGNORANTE.

Je me plais dans mon ignorance,
Ignorer eft un grand bonheur;
Je laiffe à d'autres la fcience,
Et je ne garde qu'un bon cœur.

Ah ! que m'importent fur la terre
Et ces Grecs & ces vieux Romains,
Rudes héros au front auftère,
Qui fouvent étaient inhumains !

De noms baroques on m'accable ;
Ces noms ont-ils bien exifté ?
L'hiftoire eft parfois une fable,
Et plus d'un homme en a douté.

On demande à ma jeune tête
De ne travailler qu'en anglais ;
La langue allemande n'eft faite
Que pour déchirer mon palais.

Seule, l'hiftoire naturelle
Plaît à mon efprit gracieux,
Par la nature elle eft fi belle !
On y voit la mer & les cieux !

Le favoir eft bon pour mon frère,
Ce beau lauréat de feize ans,
Qui fe prépare une carrière
Pleine de fuccès féduifants.

Mais que faut-il à ma jeuneffe ?
Ma mère, il me faut tes baifers !
Et l'innocence, & la fageffe,
Et des fleurs, & de doux penfers !

Je n'aime qu'un travail paifible,
Le deffin, le chant & les vers,
La broderie ;—il eft poffible
Que chacun ait des goûts divers.

J'adore les foins du ménage,
Eſt-il de plus nobles labeurs ?
Je t'aiderai, mère, à l'ouvrage,
En eſſuyant parfois tes pleurs !

Ne fais point de grondée amère
A moi qui voudrais te charmer ;
Va, j'en fais bien aſſez, ma mère,
Puiſque je fais me faire aimer !

Dis, quand j'étais toute petite,
Alors que je ne ſavais rien,
Chériſſais-tu moins Marguerite ?..
Non... tu ſouris... je le vois bien !

Baiſe donc ta douce ignorante,
Et pardonne-lui ſans retour !
Je ne ſerai jamais ſavante ;
Tu t'en réjouiras un jour !

LE MATELOT CAPTIF.

La mer ! la mer ! la mer ! je veux la voir encore,
Au fond de ce cachot, j'étouffe, je me meurs ;
D'un long mal qui toujours me brûle, me dévore,
    La mer peut calmer les ardeurs !

Mon vaiſſeau s'eſt briſé, de barbares corſaires,
En me rendant captif, m'ont ravi tout eſpoir ;
Ils m'ont enſeveli ſous des murs funéraires
    Où le jour ne ſe fait point voir !

Et je n'ai que vingt ans, le ſang bout dans mes veines,
Et parfois je rêvais un brillant avenir,
Et je me vois ici traînant d'indignes chaînes !...
    Je n'ai plus qu'un doux ſouvenir...

Mon pays, c'eſt la mer, c'eſt l'océan, c'eſt l'onde !
La maiſon de ma mère eſt au bord de la mer ;
Je l'aime, voyez-vous, entre les biens du monde,
    Comme l'hirondelle aime l'air.

J'adorais, tout enfant, cette voix des tempêtes,
Ce long mugiſſement qui berçait mon ſommeil ;
Quand l'ouragan grondait, en paſſant ſur nos têtes,
    J'étais radieux & vermeil !

On me voyait ſouvent bondiſſant ſur la grève,
Avec ma jeune ſœur qui s'effrayait un peu ;
En riant de ſa peur, j'achevais mon beau rêve,
    Les cheveux épars, l'œil en feu.

Pour la première fois, grimpant ſur les cordages,
Oh ! que j'étais donc fier, m'élançant comme un trait ;
J'étais fou de combats ou de lointains voyages,
    Remplis d'un invincible attrait.

Et depuis j'ai grandi ſous la briſe marine,
Sous ce bon air ſalin qui m'eſt toujours ſi cher ;
On m'appelait partout, juſque dans ma chaumine,
    Le véritable loup de mer !

Alors j'entrevoyais un fort digne d'envie,
La gloire fur mon front dépofait fes lauriers;
Jeune homme, je jurais de ne paffer ma vie
  Qu'avec la mer & les guerriers!

Il te faut dire adieu, raviffante chimère,
Et pourtant fous ma main bat un cœur de héros;
Dans les fers, mon courage égale ma mifère,
  Hélas! plus de nobles travaux!...

Un autre pleurerait fa douce fiancée,
Ce nom futur d'époux effacé fans retour...
Je n'ai point de promife, & toute ma penfée
  Eft pour la mer, mon feul amour!

La mer! ah! ce grand cri vient me tranfpercer l'âme,
C'eft le dernier appel de l'alcyon mourant;
C'eft le fuprême écho qui ravive fa flamme,
  Echo fi pur & fi vibrant!

Allons! je veux encor, fur le roc folitaire,
De la vague plaintive écouter les accents;
Je veux de la rafale ouïr le rhythme auftère,
  Ce concert enivre mes fens!

8

Il me faut retremper dans ta fauvage étreinte
O royal Océan, grandiofe beauté !
Car tu fauras me rendre une vigueur éteinte
      Et ma belliqueufe fierté !

Oui, volons au combat ! que mon regard s'anime !
Je me reffemble encore ! à bas les ennemis !
Oui, courons foutenir une lutte fublime
      Pour la gloire de mon pays !

Vains efforts ! puis-je donc fourire à l'efpérance ?
Mon étoile n'a plus de place à l'horizon ;
Adieu ! chère ancre ! adieu, beau pavillon de France !
      Les changer contre une prifon !...

Puifque je dois mourir à peine à mon aurore,
Loin des flots écumants dont je fuis enivré,
Je voudrais pour tombeau cette onde que j'adore,
      Pour linceul fon lit azuré.

Ecoute ici, geôlier, fi la pitié te refte,
Promets-moi d'accomplir ce trifte & dernier vœu :
Rends mon corps à la mer, quand l'envoyé célefte
      Guidera mon âme vers Dieu !

LE NID.

Un nid ! mais c'eſt tout un poème,
Plein de grâce & d'amour ſuprême ;
    O charmant berceau
    Du petit oiſeau !

Dans un frais buiſſon d'aubépine,
Ils ont placé leur perle fine ;
    O charmant berceau !
    Du petit oiſeau !

La mouſſe & l'odorante herbette
Compoſent la molle couchette ;
    O charmant berceau
    Du petit oiſeau !

Le père chante fur la branche,
La mère vers le nid fe penche ;
    O charmant berceau
    Du petit oifeau !

Des œufs ! frêle & douce efpérance,
La mère les couve en filence ;
    O charmant berceau
    Du petit oifeau !

Déja ! tiens ! un oifillon rouge,
Deux, trois, quatre, & tout cela bouge !
    O charmant berceau
    Du petit oifeau !

Piou, piou, de la pâture !
Mère, apportez la nourriture ;
    O charmant berceau
    Du petit oifeau !

Et la mère a franchi la rive,
La mère eft partie... elle arrive ;
    O charmant berceau
    Du petit oifeau !

Son butin, elle le dépofe
Dans chaque bec ouvert & rofe;
    O charmant berceau
    Du petit oifeau !

Puis, fa tendreffe maternelle
Veut les réchauffer fous fon aile;
    O charmant berceau
    Du petit oifeau !

Toujours, toujours le père chante,
Par fes accords il les enchante ;
    O charmant berceau
    Du petit oifeau !

Il chante, lyre harmonieufe,
Pour rendre fa famille heureufe ;
    O charmant berceau
    Du petit oifeau !

Les voilà grands! ce beau plumage
Annonce leur jeune courage;
    O charmant berceau
    Du petit oifeau !

Dans les rayons d'or de l'efpace,
Ils prennent leur première place ;
    O charmant berceau
    Du petit oifeau !

Ah ! c'eft Dieu qui donne à la mère
Sa tendreffe & les chants au père ;
    O charmant berceau
    Du petit oifeau !

Sceptiques, dans votre ignorance,
Vous doutez de la Providence ?
    Voyez le berceau
    Du petit oifeau !

LOUIS XVII.

I

Ainſi que monte au ciel le parfum que recueille
La briſe du vallon dans un lis qui s'effeuille,
Ainſi que l'odorant ſoupir d'un encenſoir
Et le chant d'un oiſeau, dernier hymne du ſoir,
S'élancent vers l'azur de la voûte étoilée,
Comme pour y chercher la ſplendeur dévoilée,
De la tour s'éleva cet appel généreux :

— Daignez leur pardonner, j'intercède pour eux !
Seigneur ! il faut un prix à ma longue ſouffrance ;
Que je ſauve en mourant mon beau pays de France !
Je l'aime, cet amour ne ſaurait s'effacer ;
L'on peut nous éprouver, mais jamais nous laſſer ! —

Le bon geôlier pleura * car la douce victime
Alla droit à fon cœur avec ce cri fublime !
On entendit l'écho des céleftes parvis
Le répéter longtemps à tous les faints ravis ;
Ils bénirent cent fois la jeune tête blonde
D'épines couronnée & pure comme l'onde.

Et de petits Amours, de charmants angelets,
D'une voix tendre & douce entonnaient ces couplets :

    — Déployons nos ailes de foie
    Pour voler vite où nous envoie
    L'efpoir de le voir triomphant,
    Car à fa mère il faut le rendre ;
    Une mère ne peut comprendre
    Le ciel même fans fon enfant !

    Ou bien s'il n'eft pas temps encore,
    Nous irons demain, dès l'aurore,

---

   * L'Asne, ancien soldat, geôlier compatissant, qui avait
succédé à l'infâme Simon.

L'admirer fi pâle & fi beau !
Avant que fur fa chevelure,
A la rayonnante annelure,
Ait paffé le froid du tombeau !

Comme un brillant effaim qui joue,
Pofant des baifers fur fa joue,
Nous viendrons vous les rapporter,
O mère, dont l'amour immenfe
Devient chaque jour plus intenfe
Pour ce fils qu'elle a dû quitter !

En vain les rofes de la vie,
Ces fleurs que là-bas on envie
Semblaient pleuvoir fur fon berceau !
Mais nous lui gardons la couronne
Qu'un divin preftige environne,
A ce doux & frêle rofeau.

Il entendra le mot fuprême ;
Chacun lui dira : je vous aime !
Dans le ciel faut-il rien de plus ?
L'amour eft toute notre effence ;
Notre tréfor, notre fcience ;
Arrière les biens fuperflus !

Ah! puiffe enfin ce petit frère
Voir finir fes jours de mifère;
Nous chanterons des airs fi doux
Pour célébrer fa bienvenue
Jufqu'aux fiers fommets de la nue;
Qu'il foit à nous! à nous! à nous!

Et de leur lyre d'or les fons firent filence,
En laiffant après eux un parfum d'innocence.

II

Belle, mais pâle encor de douloureux revers,
Une ombre s'avançait vers les côtés déferts,
Vers les confins facrés du féjour de lumière;
Son regard bleu plongeait au loin, dans la pouffière
Dont le flot paffe autour du monde des humains;
D'en haut elle voyait d'innombrables chemins,
Mais, fon cœur la guidant, elle aperçut... la France!...
Alors fon œil brilla d'une telle puiffance
De bonté, de trifteffe, ainfi que de grandeur,
Qu'il rappelait la reine au temps de fa fplendeur.

La reine ! ce nom feul en dit plus qu'un poëme ;
Avec tout l'afcendant de fa beauté fuprême,
Elle eût, certes, créé cette religion
Pour laquelle autrefois, dans notre nation,
L'on mourait. L'âge d'or de la chevalerie
N'était plus, quand parut cette rofe fleurie
Sur notre fol français ; mais de purs dévoûments
Vinrent au moins, plus tard, adoucir fes tourments.

L'ombre était toujours là, regardant ce royaume
Dont elle eût envié le moindre toit de chaume,
Alors qu'elle avait foif de la tranquillité ;
Elle parlait ainfi, dans cette immenfité :

— O toi que mes enfants appellent leur patrie,
Je t'adoptai jadis comme une autre Marie !
Et lorfque je quittai pour la première fois
Ma mère & mon pays, j'entendis une voix
Qui me difait tout bas : — Viens avec cônfiance,
La gloire & le bonheur te font promis en France.—
Je vins. Tu me reçus dans tes bras triomphants,
Dépofant à mes pieds le cœur de tes enfants.
Ton jeune & noble roi me choifit pour époufe ;
Confondant vos deux noms, je fus toujours jaloufe
De vous plaire & d'avoir vos plus douces faveurs,
Et tu me fouriais en me jetant des fleurs,

Et ton peuple m'offrait une coupe d'ivreffe,
Il faluait mon nom par des cris d'allégreffe ;
Ah ! tu me comprenais, il m'en fouvient encor,
J'aimais mieux ton amour que ma couronne d'or !

France ! c'eft dans ton fein qu'un jour, heureufe & fière,
D'un dauphin adoré le ciel me rendit mère !
Françaife par le cœur, je le fus par mon fils ;
Ce lien eut pour moi des charmes infinis !

Tu parus radieufe à fa première aurore ;
On chanta le beau lis qui nous venait d'éclore ;
Il s'épanouiffait fur les réfeaux d'azur
Que jette en fe jouant ton horizon fi pur !

Affis fur mes genoux, rayonnant d'efpérance,
De fa voix ingénue il priait pour la France ;
Déjà des malheureux il fe faifait bénir ;
Leurs craintes, leurs chagrins, il favait les bannir
Par un mot, un regard, des geftes adorables
Qui nous raviffaient tous ! Étions-nous fi coupables
De placer fur fa tête un avenir joyeux ?
Hélas ! il me femblait le lire dans fes yeux

Pleins d'âme, de candeur, de nobleffe & de vie !...

Toute mon exiftence à la fienne affervie,
Pour l'élever en homme, en chrétien comme en roi,
Et pour le rendre digne & du trône & de toi,
Tel était mon défir, telle était ma penfée,
Ardente ambition rudement effacée !...

Le ciel nous fit une âme égale à notre fort ;
Parlez-nous de braver la pauvreté, la mort,
Reines jufqu'à la fin, nous expirons fans crainte ;
L'échafaud n'entend pas de nous la moindre plainte ;
Mais l'on ne voit jamais que nos fronts couronnés,
Sans fonger que ces cris d'enfants abandonnés
Viennent broyer nos cœurs & les broyer fans ceffe !...

France ! tu n'as pas eu pitié de ma détreffe !
Qu'as-tu fait de ce fils, mon orgueil, mon amour ?...
Tu l'as rendu captif dans une froide tour !...
Là, le pauvre orphelin, ô touchante chimère !
Me croit toujours vivante ! il appelle fa mère !
Sa mère qu'il aimait de ce culte enfantin
Que les êtres d'élite ont tous dès leur matin.

Je crois ouïr parfois cette voix déchirante,
Alors, le ciel entier n'a plus rien qui m'enchante,
Alors je tends les bras comme pour le faifir,
Le difputer à qui voudrait me le ravir !

Et pourtant quand mon cœur pourrait crier vengeance,
Je t'aime encor, je t'aime, ô malheureufe France !
Je te pardonne même au nom de mon enfant
Retenu dans tes fers & d'angoiffe étouffant !...
Il n'eft rien que n'efface une larme de mère,
Et puiffe mon pardon te rendre un jour profpère ! —

L'ombre fe retira ; pour confoler ce deuil,
Les chérubins chantaient avec un jeune orgueil :

    — Oui, nous vous offrons l'efpérance,
    A vous, noble reine de France !
    Mais, en retour, fouriez donc !...
    Bientôt va venir dans l'efpace,
    Comme une étoile d'or qui paffe,
    Un prince au diadème blond !

    Et devant fa beauté d'archange,
    Digne en tout de notre phalange,

Vous treſſaillerez de bonheur !
Il pourra, nous oſons le dire,
Oublier ſon trop long martyre,
Quand il ſera ſur votre cœur !

Loin de ce pur regard de flamme
Qui, jadis, ranimait ſon âme,
Ses jours ſont des jours ſans ſoleil ;
Ailleurs la vie eſt bien plus douce,
Le petit oiſeau dans la mouſſe
Entend ſa mère à ſon réveil !

Sur l'humble enfant de la chaumière
Deſcend cette vive lumière,
Reflet du maternel amour ;
La jeune mère, ſi joyeuſe,
Lui donne une branche d'yeuſe
Pour ſceptre ; — il eſt roi, roi d'un jour !

Mais l'héritier du rang ſuprême,
Plus pauvre qu'un pauvre lui-même,
N'a point de ces naïfs plaiſirs
Que le pâtre ſur la montagne,
L'oiſel au ſein de la campagne
Partagent ſelon leurs déſirs.

Accours, cher exilé qui pleure,
Dans la radieuſe demeure
Où brillent les aſtres jaloux !
C'eſt là le port après l'orage,
Viens ſur l'aile d'un blanc nuage,
Et ſois à nous ! à nous ! à nous ! —

Et de leur lyre d'or les ſons firent ſilence
En laiſſant après eux un parfum d'innocence.

III

Et l'ange de la mort, vers le déclin du jour,
Marquait d'un ſceau fatal la triſte & ſombre tour ;
L'oiſeau des nuits fuyait de ce toit ſolitaire
Sur lequel le malheur planait avec myſtère.

L'enfant pencha la tête... il était endormi...
Près de ce lit glacé tomba ſon vieil ami...
Il pleurait, lui ſoldat ! il arroſait de larmes
Ces longs cheveux bouclés, ce front paré de charmes
Qu'un étrange rayon ſemblait illuminer ;
Il penſait : — Que ne puis-je encor le ranimer ! —

Non, réjouiffez-vous, c'eft fon apothéofe ;
Voyez plutôt, voyez, fur ce nuage rofe,
Une femme accourir vers notre ange envolé :
— Ma mère ! — Mon enfant ! — Le voilà confolé.
Elle prend fon tréfor, l'emporte à tire-d'aile,
Et monte, en devançant cette troupe immortelle
Qui l'efcorte & redit des chants délicieux
Répétés par l'écho dans le chemin des cieux.

Ils foulent fous leurs pieds les vibrantes étoiles,
De la voûte éthérée ils déchirent les voiles ;
Ils arrivent enfin, mais lui, tout frémiffant
Sur le feuil du bonheur, lui le pauvre innocent
Que l'on vient d'arracher à d'affreufes tortures,
Cherche au loin le pays !... De fes lèvres fi pures
S'échappe un cri d'amour, de pardon & d'efpoir :
— Je vais prier pour vous, mes amis, dès ce foir,

Dit-il, fans écouter l'hymne de délivrance ;
Ma mère, il eft encor de nobles cœurs en France ! —

AU ROSSIGNOL.

Chante ta cantilène,
Poète de la nuit !
Je retiens mon haleine,
Pour t'écouter fans bruit.

Roule tes flots perlés, ô lyre harmonieufe,
La nature filencieufe
S'enivre des accents que tu fais retentir ;
Dans les taillis tout pleins de la fenteur des rofes,
Tu furpaffes les virtuofes
Qui, dans leur vafte falle éclairée à plaifir,
Célèbrent la beauté, le génie & la gloire ;
Mais, hélas ! bientôt leur mémoire

S'enfuit avec le vent, rapide comme lui,
Et, quelques jours après leur triomphe éphémère,
　　O défillufion amère !
L'on peut fe demander fi leur foleil a lui.
Mais toi, chantre infpiré, ton fuccès eft immenfe ;
　　L'art a reconnu ta puiffance
Au-deffus de la fienne, au deffus de fes lois ;
Sois donc fier & charmant jufque dans ton allure,
　　Muficien de la nature,
Egrène avec ardeur, fous la voûte des bois,
Ton joyeux chapelet de notes fi brillantes,
　　Jette aux étoiles, tes amantes,
Le doux éclat d'un air toujours pur & nouveau.
Je laiffe le fommeil, je veux t'entendre encore ;
　　L'alouette vient à l'aurore,
Mais qui peut remplacer le gofier le plus beau ?...

　　　Chante ta cantilène,
　　　Poète de la nuit !
　　　Je retiens mon haleine
　　　Pour t'écouter fans bruit.

Tout dort, l'ange des fleurs mollement fe repofe,
　　Et, fur fon aile demi-clofe,

Il reçoit la rofée avec fes diamants ;
Toi feul, oifeau divin, veille dans la campagne,
    Pour charmer ta jeune compagne
Dont le nid fe balance aux légers frôlements
De la brife du foir, bien près de cette branche
    Sur laquelle ta voix s'épanche.
L'amour, rayon d'en haut, fuffit pour t'animer,
Oh ! tu ne connais point l'ambition des hommes !
    Plus fage que nous ne le fommes,
    Tu chantes pour te faire aimer.
L'or & les vains honneurs s'éclipferaient fans ceffe
    Devant ta fuave tendreffe.
Que faut-il au poète auffi pour être heureux ?
Un peu d'ombre & de paix, l'efpace, le myftère,
    Un doux nom que l'on aime à taire,
Chafte parfum gardé comme un bien précieux,
Quelques chants clair-femés dans les pleurs de la vie,
    Rien de ce que le monde envie.
De frais myofotis fur le bord des ruiffeaux
Bien mieux que des faphirs réjouiffent fa vue,
    Au fond de fon âme ingénue,
Il adore la grâce & le luth des oifeaux.

    Chante ta cantilène,
    Poète de la nuit !

Je retiens mon haleine
Pour t'écouter fans bruit.

Lorfque avec le printemps, vient ton hymne fonore
    Qui monte au ciel & s'évapore,
Ainfi qu'un fouffle ailé fortant de l'encenfoir,
Tu marques le réveil de la terre endormie,
    Tout renaît fous ta voix amie,
Et la fplendeur du jour, & le calme du foir.
De même un fon joyeux vibre-t-il en notre âme,
    Il ravive auffitôt fa flamme,
Il nous donne l'efpoir, ce fourire du cœur,
Et la foule bruyante en vain paffe & repaffe,
    Comme un torrent que rien ne laffe,
Elle ne peut troubler ce concert enchanteur ;
Mais, noble troubadour, une lueur naiffante
    Gliffe déjà, frêle & charmante,
Entre ces bois légers, ces mobiles arceaux ;
Tu vas bientôt ceffer ton raviffant murmure,
    Tu me berçais de ta voix pure,
Tel, un air embaumé ranime les rofeaux
Abattus par l'orage au fein de leur vallée ;
    Eh quoi ! la nuit s'eft écoulée,
L'aube accourt, précédant le foleil radieux,
La reine de nos monts doucement fe colore...

Pourtant, ô barde que j'adore,
Ne dois-tu pas au moins moduler tes adieux !

Chante ta cantilène,
Poète de la nuit !
Je retiens mon haleine
Pour t'écouter sans bruit.

BARCAROLLE.

Le foleil étincelle
Autour de ma nacelle,
Et fourit au lac bleu ;
Quittez donc la charmille,
Venez, troupe gentille,
Vous réjouir un peu.

La brife qui foupire
Comme une douce lyre,
Nous invite à chanter.
Le roffignol murmure
Et tout, dans la nature,
Saura nous enchanter.

L'onde est une berceuse
Dont l'étreinte amoureuse
Veut bien nous caresser;
Livrons notre existence
A sa molle influence,
Et laissons-nous bercer!

L'onde est une sirène,
Sa fraîcheur nous entraîne
Et nous retient encor;
Adieu, charmant rivage,
Adieu, riant feuillage
D'un vert nuancé d'or!

Mais sur l'eau miroitante,
Oh! dressons une tente,
Ici, l'air est si doux!
Et loin des bruits du monde,
Du calme de cette onde,
Amis, enivrons-nous!

MADAME EMILE DE GIRARDIN.

Reine par la beauté, reine par le génie,
N'étais-tu pas la sœur du dieu de l'harmonie ?
La brise se jouant dans tes longs cheveux d'or
Semblait te murmurer, te murmurer encor
Cet hommage si doux de la France attendrie,
Ce nom si mérité : *Muse de la Patrie !*
Tu tressaillis alors d'un légitime orgueil;
Non, il n'est pas éteint au fond de ton cercueil
Cet amour du pays, la plus pure des flammes,
Glorieux attribut de tant de nobles âmes !
Mais il est naturel d'aimer ce sol sacré
Foulé par nos aïeux & par eux adoré.
Le passé, le présent, tout m'intéresse en France,
De ce beau nom sur moi je connais la puissance,

Il eſt vibrant ! toujours ancien ! toujours nouveau !
Oui, j'aime mon pays quel que ſoit ſon drapeau !
Malheur à ces partis que la haine diviſe !
La patrie avant tout ! telle était ta deviſe ;
Tu l'aimais tant ! hélas ! que ne reviens-tu pas ?
Puiſſe au moins ton eſprit, en errant ici-bas,
Mettre ce ſaint amour dans le cœur des poètes, --
Et de ta belle France éloigner les tempêtes !

SEUL ICI-BAS !

Que fe paffe-t-il à cette heure ?...
Le jeune orphelin fans demeure
Dort fous le feul abri des cieux,
Et fa naïve tête brune
Reçoit les reflets de la lune ;
Qu'il eft beau ! qu'il eft malheureux !

A fept ans, n'avoir plus de mère,
Nul appui dans la vie amère,
Rien que fa grâce & fa candeur !
Cet apprenti de la fouffrance
A tous les charmes de l'enfance, —
Tous... excepté ceux du bonheur !

Et pourtant que de fils de princes,
Ou de gouverneurs de provinces,
N'ont point ce fourire ingénu,
Cette figure enchantereffe, —
Mais que jamais l'on ne careffe ! —
Ce je ne fais quoi d'inconnu !

Brille, enfant, fous ton auréole,
Ainfi qu'une humble luciole
Qui fe blottit fous le gazon ;
Le regard de Dieu la découvre,
Et pour la délaiffée il ouvre
Un plus rayonnant horizon !

BRUITS DE GUERRE.

O France ! ô ma noble patrie !
La première des nations, .
Le nom d'honneur, terre chérie,
Reçoit tes acclamations !

Lève-toi pour venger l'offenſe
Que te font ces ſchlagueurs du Nord ;
Va, tout homme eſt ſoldat en France,
Lorſqu'il s'agit de la défenſe
Du ſol natal ; ton bras eſt fort,
Ton droit ſacré, ton âme ardente
Comme aux jours brillants des aïeux,
Qui ſavaient ſemer l'épouvante
Sur les pas de tes envieux.

France de Jeanne la Pucelle,
Dieu te protége & te conduit ;
Marche fans crainte fous fon aile,
C'eft pour toi que l'étoile luit.

Voyez-vous ces enfants pleins d'un mâle courage,
Pour la France adorée ils fauraient tout fouffrir !
Hélas ! plus d'une mère a pleuré fur leur âge,
Ils font fi jeunes pour mourir !

Si jeunes ! à vingt ans la vie eft un fourire,
Un long hymne de joie, un ciel d'azur et d'or,
Une aube rayonnante impoffible à décrire,
Un frais & radieux tréfor !

Et tout cela faut-il l'immoler fans murmure ?
Si le pays le veut, que ne feront-ils pas ?
La gloire de mourir pour la France eft fi pure
Que rien n'arrêterait leurs pas.

Ainfi donc, mères, fœurs, vieux pères, fiancées,
On va vous les ravir, peut-être, quelque jour ;
Mais vos âmes en deuil feront pourtant bercées
Par l'efpérance du retour !

L'ALGÉRIE EN DEUIL.

Des regards suppliants se sont tournés vers nous,
    On souffre, on pleure en Algérie ;
    La France est la mère-patrie,
Nul ne répète en vain son nom si grand, si doux !

    C'est bien la famine elle-même
    Avec son désespoir suprême ;
    Donnez, donnez, il faut du pain,
    Nos pauvres Arabes ont faim !

Les voyez-vous tombant sur la terre glacée,
Sans un brin d'herbe fraîche au moins pour se nourrir,
Dans ces moments affreux, leur unique pensée
Est d'appeler Allah, de dire : — Il faut mourir !

C'eſt bien la famine elle-même
Avec ſon déſeſpoir ſuprême ;
Donnez, donnez, il faut du pain,
Nos pauvres Arabes ont faim !

Hélas ! ſe ſont auſſi des époux & des pères,
Ils ſe voient enlever leurs femmes, leurs enfants
Par ce fléau terrible, en de longs jours auſtères,
Où l'on n'aperçoit plus que ſpectres effrayants.

C'eſt bien la famine elle-même,
Avec ſon déſeſpoir ſuprême ;
Donnez, donnez, il faut du pain,
Nos pauvres Arabes ont faim !

Entendez cet appel dans vos riches demeures,
Sous les rideaux de ſoie & les lambris dorés,
Vous pour qui Dieu ne fit que de riantes heures ;
Les droits des malheureux doivent être ſacrés !

C'eſt bien la famine elle-même,
Avec ſon déſeſpoir ſuprême,
Donnez, donnez, il faut du pain,
Nos pauvres Arabes ont faim !

Pitié pour eux ! pitié ! ne font-ils pas nos frères ?
  L'Algérie eft un fol français,
  Tout y rappelle nos fuccès,
Mais les plus beaux feront de calmer leurs miſères.

FLEURISSEZ-VOUS !

Te voici, chère violette,
Frais ambaſſadeur du printemps,
Tu ſouris à la terre en fête ;
De ton calice, ô mignonnette,
S'échappent des ſels enivrants.

Et la petite bouquetière
T'offre en diſant : — Fleuriſſez-vous !
Madame, entendez ſa prière,
Son butin la rend toute fière, —
Et ſes grands yeux bleus ſont ſi doux !

Comme elle eſt pâle, la pauvrette !
Auſſi pâle que ſes cheveux ;
Frêle ainſi qu'une violette,
Elle reſſemble à ſa fleurette,
Elles embaument toutes deux !

Car le parfum de l'innocence,
Pareil à celui de la fleur,
Eſt la délicieuſe eſſence
Que Dieu met au ſein de l'enfance,
Lui faiſant un don enchanteur.

Fillette à la robe de bure,
Chérubin de la pauvreté,
La grâce eſt ta douce parure,
Tu dois à la simple nature
Ta calme & naïve beauté.

Va, retourne auprès de ta mère
Porter le prix de ton labeur ;
L'amour maternel sur la terre
Eſt le ſoleil de la misère,
Ses rayons réchauffent le cœur !

LE TASSE EN PRISON.

I

L'eſſaim des blonds zéphirs folâtre ſur la mousse,
　　C'eſt l'heure ſouriante & douce
　　Où les êtres aériens
Boivent avec amour la limpide roſée
　　Qu'un ange lui-même a poſée
　　Dans les fleurs aux frêles liens.
Le ſoleil matinal vient careſſer la terre... —
　　Nul bruit dans la cellule auſtère
　　Où gît le pauvre priſonnier... —
C'eſt le printemps... là-bas tout rayonne, tout chante,
　　Les oiſeaux, l'onde murmurante
　　Et la bergère au blanc panier ;
Les champs & la cité ſont en réjouiſſance... —
　　Mais ici... même l'eſpérance

Semble avoir délaiffé ces murs.
Sa voix, fa fraîche voix, mélodieufe & tendre...
    Ne s'y fait plus jamais entendre...
    Oh ! les grands font fouvent bien durs.

II

Le Taffe, — inclinez-vous, — eft dans cette demeure,
    Lui, l'illuftre poète !.. il pleure
    Dans un défefpoir fans égal ;
Victime d'un efprit ardent & de fa flamme
    Pour une noble & douce femme
    Appartenant au rang ducal,
Il languit dans la tour froide, filencieufe,
    Où l'a mis la main orgueilleufe
    D'Alphonfe d'Eft, fi dégaigneux
Pour ce fimple & grand nom de fublime poète
    Dont les lauriers couvrent la tête
    De Torquato, trop malheureux !
Hélas ! il ofe aimer fa fœur Eléonore...
    Que fait l'auréole qui dore

Un beau front au tyran obſcur ?..
Qu’importe le génie à cet être barbare ?..
Il faut, pour éblouir Ferrare,
Un fier blaſon sur champ d’azur !

III

Mais, ſilence ! une forme adorable & légère
Va ſe gliſſer ſoudain comme un éclair d’amour
Dans ce triſte réduit de douleur, de misère...
Quel eſt donc ce doux ange auſſi beau que le jour ?..

Tête ſuave & pure,
Radieuſe figure,
Sous d’épais cheveux d’or,
Ineffable tréſor !
Perle de l’Italie,
Entre toutes jolie !

— C’eſt elle ! — ces deux mots m’ont appris leur ſecret,
Eléonore vient conſoler l’infortune ;
Son or rend le geôlier un cerbère diſcret,
Il s’éloigne, voyant que ſon œil importune.

Chaftes & nobles cœurs fi bien faits pour s'aimer,
Un inftant vous voilà fous le charme fuprême
Que donne un faint amour ! S'il pouvait défarmer
L'ennemi qui préfère à tout fon diadème !
S'il pouvait le fléchir ! mais oubliez vos maux ;
Ces moments font comptés & rien ne les remplace.
Bientôt tout va finir pour vous dans deux tombeaux,
A la gloire, à l'amour, la mort ne fait point grâce.

  Laiffons-les doucement pleurer ;
  Il eft de délicates chofes
  Que le pinceau n'ofe effleurer ;
  Il eft de raviffantes rofes
  Que l'on craindrait de déflorer !

  . . . .

L'heure des adieux fonne... il faut dans une fête,
Princeffe, aller fourire ! & ton cœur déchiré
Va penfer au cachot du pauvre & grand poète,
Pendant qu'on danfera dans ton palais doré !

Mais l'immortalité fleurira fur ta tombe...
Qu'eft-ce auprès du bonheur ? qu'eft-ce auprès de
       [l'amour ?
On pleurera ton fort, ô fenfible colombe,
On dira ton doux rêve envolé fans retour ;

Ton nom réſonnera comme la fraîche antienne
Que chante un roſſignol aux roſes du matin,
Comme des ſons vibrants de harpe éolienne,
Et le dernier ſoupir de ton cygne divin!..

LA VIEILLE BONNE.

On a chanté fouvent, — avec quels vrais délices ! —
Ces êtres que Dieu fit pour épancher l'amour,
Et la mère, & l'aïeule, & les tendres nourrices,
La vieille bonne, hélas ! n'a donc jamais fon tour ?
Sous le fichu croifé, fous la robe de bure,
Il exifte parfois un tendre dévoûment ;
Je veux te célébrer, pauvre & fainte figure,
Viens te montrer à nous, cœur fublime & vaillant !

Dans cette main caleufe & pleine de courage,
Placez votre main blanche, oh ! fouriez encor
Au fouvenir vivant de votre premier âge :
Cette main vous berçait, enfant aux cheveux d'or !
Trifte & fans mère un jour, vous connûtes les larmes,
Pour vous les effuyer s'étendait cette main ;

Vous appeliez : *ma bonne !* & dès lors plus d'alarmes;
Près d'elle vous fuiviez un tranquille chemin.

Puis vous avez grandi, vous êtes jeune fille,
Et bientôt jeune femme... humble, elle eft là toujours,
Pour foigner les enfants, tréfors de la famille,
Ces mutins adorés qui tourmentent fes jours ;
N'importe, elle les aime, &, comme une autre mère,
Elle s'enorgueillit de leurs moindres talents,
Ce font auffi fes fils, ô naïve chimère !..
Sa vigilance eft là, guidant leurs pas tremblants.

Et l'enfant quelquefois l'appelle auffi fa mère
Quand il la voit veillant autour de fon berceau;
S'il fouffre, elle adoucit toute tifane amère,
Ou donne la pâture à ce petit oifeau ;
Dans ces modeftes foins on peut être fublime,
La tâche de la femme eft augufte toujours,
Lorsque du dévoûment elle devient victime ;
Dieu met une auréole à tous les faints amöurs.

Sous votre toit, elle eft comme le chien fidèle
S'attachant à fon maître & fuivant tous fes pas,
Le devinant de l'œil bien avant qu'il l'appelle,
Refpirant pour lui feul jufqu'au jour du trépas.

Ainſi fait, ainſi meurt la pauvre vieille bonne,
Souvent ſans envier même un deſtin plus beau ;
Comme le ver luiſant, l'être caché rayonne,
La palme du devoir fleurit ſur ſon tombeau !

LE PÉCHÉ MIGNON

OU L'ADORATION DE SOI-MÊME.

Cheveux d'or, bouche rofée,
Naïve prunelle irifée,
Et tout le refte à l'avenant,
Mon joyeux vifage eft charmant.

C'eft du moins ce que dit ma glace de Venife,
    Un miroir ne faurait mentir ; —
Ainfi fongeait tout haut la jeune & blonde Elite,
    En fe contemplant à ravir. —
Oui, je fuis joliette & ma mère m'adore,
    Le ciel fourit dans mes grands yeux,
Je n'ai pas accompli ma dix-feptième aurore,
    Mais je fuis reine de ces lieux,

Reine de ma famille, oh! reine fans partage,
　　Mon fceptre eft fi léger, fi doux!
Mes parents voient en moi leur plus brillant ouvrage,
　　Je fuis bien belle, voyez-vous !
Chut ! fi l'on m'entendait !.. Allons, mademoifelle,
　　Prenez-vous de la vanité ?
Dame ! on en a toujours au moins une parcelle
　　Pour rendre hommage à fa beauté.
Je m'aime tant ainfi ! dans mes boucles foyeufes,
　　Je crois voir d'opulents rayons ;
Les prenant pour des fleurs, fur mes lèvres rieufes
　　Se poferaient les papillons.

　　Cheveux d'or, bouche rofée,
　　Naïve prunelle irifée,
　　Et tout le refte à l'avenant,
　　Mon joyeux vifage eft charmant !

Donc, fi je m'embraffais un peu dans cette glace,
　　Ainfi que l'on baife une fœur !..
C'eft un péché mignon, un péché plein de grâce,
　　Il ne fera pas fans douceur !..
Reçois un bon baifer, ô blanche & fraîche rofe
　　Qui s'appelle heureufement *moi !*..
N'en dis rien à perfonne, on blâmerait la chofe,
　　Et l'on fe moquerait de toi ;

Pourquoi donc, s'il vous plait? fi je fuis raviffante,
 A ma mère en revient l'honneur;
Mon père me difait d'une voix careffante :
 — N'es-tu pas notre feul bonheur ! —
Ils me couvent des yeux, lorfqu'au bal, mes compagnes
 Me nomment le plus beau des lis,
Ou quand on vient m'offrir, dans nos riches campagnes,
 Des gerbes de myofotis;
Comment avec cela n'être pas un peu folle ?..
 Mais je voudrais que chaque enfant
Fût, comme moi, des fiens la rayonnante idole
 Qui rend leur cœur fi triomphant !

 Cheveux d'or, bouche rofée,
 Naïve prunelle irifée,
 Et tout le refte à l'avenant,
 Mon joyeux vifage eft charmant !

LE LION.

Entendez ! entendez ! dans ces forêts altières
Ces rugiſſements ſourds... tous les hôtes des bois
Sortent à cet appel de leurs ſombres tanières...
    N'eſt-ce pas la royale voix ?

Cris de guerre ! il ſecoue en frémiſſant de rage
Sa chevelure fauve, & puis lance les dards
De ſes yeux enflammés d'un ſi mâle courage
    Qu'ils brûlent avec leurs regards.

Il rugit de nouveau, rugit, rugit encore,
Frappe l'air de ſa queue, accourt, fait mille bonds,
Et les échos lointains, de leur timbre ſonore,
    Rediſent ſes cris furibonds.

Du fang ! gibier ! du fang ! il faut que le fang coule ;
Quand le lion a faim, dure eft fa royauté ;
Mais chacun fe défend, dans l'arène on fe roule,
    Le prix du fang eft difputé.

De ces lambeaux fumants lui feul fait le partage,
Car le lot du lion de tout temps fut facré ;
Il fe retire en roi de ces lieux de carnage,
    L'œil adouci, mais affuré.

A ce royal dédain l'Arabe peut connaître
Que le lion jamais n'eft baffement cruel ;
Lorfqu'il n'eft pas à jeun, notre prince eft bon maître,
    Son règne eft prefque paternel.

Tigres & léopards, hyènes & panthères
Dévorent pour le feul plaifir de dévorer ;
Le fultan qui n'a pas leurs vices fanguinaires
    Se fait moins craindre qu'admirer.

Salut donc au lion, majefté digne & fière,
Salut, noble animal, plus admirable encor
Sous les feux du foleil ; fon épaiffe crinière
    Semble au loin une écharpe d'or ! —

Mais l'amour maternel de la reine lionne,
Nous devons l'exalter comme un fait merveilleux;
L'éclat de cet amour autour d'elle rayonne,
　　Cet amour fe lit dans fes yeux.

Auprès de fes petits conftamment elle veillè,
Son nid eft inviolable, il eft fi bien gardé !
Lorfque enfin épuifée on croit qu'elle fommeille,
　　Déjà fon œil a regardé !

Le feuil du fouterrain devient un fanctuaire,
Et malheur à celui qui pourrait l'oublier !
Elle eft terrible alors, elle eft reine, elle eft mère !
　　Et nul ne pourrait la prier.

S'il fallait chaque jour, pour fes petits qu'elle aime,
Affronter les combats d'un ennemi plus fort,
On la verrait mourir. Ah ! cet amour fuprême
　　Ne fe repofe qu'à la mort. —

Mais lui, le fier lion, fon plus bel apanage
Eft, vous le favez tous, d'être reconnaiffant ;
Suivant qu'on le careffe, ou fuivant qu'on l'outrage,
　　Il eft fenfible ou menaçant.

Il diftingue toujours le bienfait de l'offenfe,
Car il fait pardonner, tout comme il fait punir;
Mais rien que pour avoir de la reconnaiffance,
　　Il méritait un fouvenir !

SAUVEZ-LE !

L'ombre des noirs sapins entoure la chaumière,
Et nulle étoile d'or ne brille dans les cieux;
C'est cette heure indécise où la pâle lumière
Tremble, flotte, s'éteint, fantôme gracieux.

Une seule lueur scintille,
Comme l'espoir de la famille,
Au fond de ce triste réduit;
Hier, un beau rire folâtre,
Une voix d'enfant près de l'âtre,
Faisait entendre son doux bruit.

Hélas! dans un affreux silence,
Une pauvre mère balance·

L'enfant chéri dans fon berceau,
Son premier-né ! la mort le guette...
Et bientôt, blanche pâquerette,
Il dormira dans un tombeau !

Oh ! qu'il était joli, cet amour blond & rofe !
Sa bouche fouriait d'un fourire charmant ;
Les anges pour le voir venaient à la nuit clofe,
Ils voulaient l'emporter dans leur beau firmament.

Son front aux grands yeux de pervenche,
Ainfi qu'un tendre lis, fe penche
Sous l'ardent baifer maternel ;
S'il pouvait le faire renaître !
O mon Dieu ! vous êtes le maître,
Entendez ce touchant appel !..

Non, ce n'eft pas une chimère,
On dit que toute voix de mère
Trouve des échos près de vous ;
Car une mère eft la victime
De fon cœur, chef d'œuvre fublime,
Que vous avez fait grand & doux !

Et déjà de la mort les pâles violettes,
Triftes fleurs fans parfums, s'étendaient fur l'enfant,
Quand la mère à genoux, de fes mains inquiètes,
Fait un gefte fuprême, & d'un air triomphant :
— Mon fils ne peut mourir devanr ta fainte image,
Toi qui peux le fauver, Madone au doux regard,
Mère de l'enfant-Dieu, non, je reprends courage,
Tu vas me le guérir, dit-elle, & fans retard ! —

Comme on voit les rayons d'une timide aurore
S'élever, diffipant la brume du matin,
Elle voit fon enfant, chérubin qu'elle adore,
Refleurir doucement par le fecours divin ;
Et quelques jours après, naïve tête blonde,
De fon petit doigt blanc, il montrait le tableau,
Sans fe douter, ô Vierge, en fa candeur profonde,
Que vous l'aviez fauvé des larmes du tombeau !

L'ESPAGNE.

Lorſque du ciel deſcend la blonde rêverie,
Pourrais-je t'oublier, fière & douce Ibérie !
N'as-tu pas le ſoleil avec ſes rayons d'or ?
N'as-tu pas des palais, des temples de porphyre,
De gracieux vallons où paſſe le zéphire,
De nobles ſouvenirs pour t'embellir encor ?

Oh ! je te vois ſouvent dans mes ſonges magiques,
Je vois ton Alhambra, tes tourelles antiques ;
Là, j'entends quelquefois la voix mâle des preux,
Je crois apercevoir les brunes châtelaines,
Du haut de ces balcons, reſpirant les haleines
Si pleines de parfums ſous ce climat heureux.

Il m'eſt doux de t'aimer, voiſine de la France ;
Ceux qui t'ont viſitée en gardent ſouvenance,

Car ces champs d'orangers, de rouges grenadiers,
Ce bleu profond du ciel, cette riche verdure,
Tout cela doit charmer une âme tendre & pure,
Frais tableau qui s'unit aux fombres oliviers.

Oui, j'ai balbutié ta langue harmonieufe,
Je la trouvais fi belle & fi harmonieufe,
Si belle que l'on dit qu'elle fe parle à Dieu !
Les Maures t'ont laiffé pour fuprême héritage
Cet accent guttural, mais fier, grave & fauvage,
Echo retentiffant de leur dernier adieu.

Espagnoles, faut-il fur mon luth folitaire
Célébrer vos attraits, ou bien faut-il me taire ?..
Modeftes, vous voulez que je ne parle pas
De vos yeux veloutés, de vos cheveux d'ébène ;
Oh ! je ne prendrai point une inutile peine :
Partout l'on connaît bien vos gracieux appas.

Le bonheur femble fuir les bords riants du Tage,
Ce raviffant pays a vu plus d'un orage,
La politique, hélas ! trouble les nations....
Ah ! le Cid demandait à fa vaillante épée
De plus nobles combats !.. fon attente trompée
Ne voit entre fes fils que des diffenfions.

Pourtant, que Dieu te garde, ô terre des légendes,
Toi que chantaient jadis ces poétiques bandes
De fiers caballeros, de brillants troubadours ;
Ne redifaient-ils pas, fublime confiance,
Ces mots fi généreux :—Honneur, amour, vaillance !
En agitant vers toi leurs toques de velours ?..

L'Europe, en cet inftant, regarde les Efpagnes ;
On demande quel cri traverfe ces montagnes,
Et quel fouffle brûlant ride ce ciel d'azur ?
La paix devrait fleurir au foleil des Caftilles
Comme le doux jafmin, comme les jeunes filles,
Ces fleurs d'Andaloufie à l'éclat vif & pur !

BERRYER.

Toute la France émue attendait en filence,
Quand le bruit de fa mort foudain a retenti :
Il n'eft plus ! il n'eft plus, le roi de l'éloquence !
Mais ce fouffle puiffant n'eft pas anéanti ;
Berryer eft immortel pour la France éplorée ;
On dira qu'il fut grand même après Mirabeau ;
Il honora toujours la patrie adorée,
Que l'amour des Français entoure fon tombeau !

Avec fes fiers accents, fon organe fonore,
Son magique regard où l'ardeur éclatait,
Il favait fafciner & fafciner encore,
Et muet, frémiffant, l'auditoire écoutait.

On était fubjugué par fa forte parole ;
Gloire à cèt orateur noble, impofant & beau !
Il n'avait point d'égal d'un pôle à l'autre pôle ;
Que l'amour des Français entoure fon tombeau !

Sa mort eft digne en tout de fon illuftre vie,
Cet aftre étincelant fe couche radieux :
— « *Chez moi,* je veux mourir ! » — dit-il, puis il convie
Ses amis les plus chers à fes derniers adieux.
C'eft mourir en héros, d'une façon charmante,
C'eft préfenter aux grands un fimple & doux tableau !
Le Ciel fe réfervait cette mort rayonnante ;
Que l'amour des Français entoure fon tombeau !

La reine de la mer aimait fa voix fublime,
Marfeille veut, dit-on, lui prouver fon amour ;
Ah ! l'aigle du barreau planera fur la cime
Du monument qui doit s'élever quelque jour ;
L'époufe du foleil, en fe mirant dans l'onde,
Pofera fur fon front un magnifique fceau,
Celui de la grandeur, de la douleur profonde ;
Que l'amour des Français entoure fon tombeau !

O toi qu'il chériſſait, royauté ſolitaire,
Dans cet homme éminent tu trouvais un appui,
Un loyal ſerviteur, choſe rare ſur terre,
Et ſa fidélité n'eſt morte qu'avec lui !
Vous tous qu'un ſentiment patriotique enflamme,
Quels que ſoient les partis, la couleur du drapeau,
Répétez avec moi, ſimple & timide femme :
Que l'amour des Français entoure ſon tombeau !

AVRIL.

A M. LE DIRECTEUR DE LA REVUE DU LYONNAIS.

Avril ramènera cette neige odorante
Dont parle le poète en des chants pleins d'amour,
Douce neige de fleurs, parure souriante,
    Eclose sous les feux du jour.

Le printemps nous rendra la première hirondelle,
Rapide messager qui rase de son aile
    L'onde pâle aux reflets d'azur ;
Dans toute leur fraîcheur renaîtront la pervenche,
Le coquet bouton d'or, la marguerite blanche,
    Et ce concert toujours si pur
Des chantres de nos bois réjouira l'aurore ;
Les suaves parfums, la brise qu'on adore,

Reviendront avec le printemps...
Quand le bonheur a fui, mon Dieu, fait-il de même ?
Pourtant vous le favez, c'eſt le tréſor fuprême
        Qui ſe fait chercher ſi longtemps.

Avril ramènera cette neige odorante
Dont parle le poëte en des chants pleins d'amour,
Douce neige de fleurs, parure ſouriante,
        Eclofe ſous les feux du jour.

On verra refleurir la charmante aubépine,
La ſimple clématite & l'aimable églantine,
        Ornements de nos verts buiſſons ;
L'infecte aux ailes d'or lutinera les roſes,
Les nids jaſeurs diront tant d'adorables choſes !
        Le joyeux hymne des pinſons
Retentira bientôt dans l'air frais & ſonore,
Le cytiſe embaumé doit nous jeter encore
        Ses délicieuſes ſenteurs...
Mais revient-il auſſi, ce bel ange qu'on aime,
Cet ange de bonheur, au brillant diadème,
        Revient-il eſſuyer nos pleurs ?

Avril ramènera cette neige odorante
Dont parle le poëte en des chants pleins d'amour,
Douce neige de fleurs, parure fouriante,
　　Eclofe fous les feux du jour.

Le ruiffeau reprendra fon plus léger murmure,
Le fouffle de l'hiver glaçait fon onde pure,
　　Sur fes bords le doux *aimez-moi*
Montrera fes yeux bleus fi chers aux fiancées,
Aux poëtes rêveurs, à ces âmes bleffées
　　Et par l'amour & par la foi !
Les beaux foirs étoilés refplendiront encore,
Le matin virginal, le foleil qui le dore
　　Apparaîtront plus radieux...
Mais le bonheur, enfin, ce prince fi volage,
Quand il nous quitte, hélas ! a-t-il l'affreux courage
　　De faire d'éternels adieux ?

Avril ramènera cette neige odorante
Dont parle le poëte en des chants pleins d'amour,
Douce neige de fleurs, parure fouriante,
　　Eclofe fous les feux du jour.

Vous que j'ai deviné fouvent fans vous connaître,
Gardez bien le bonheur fous votre toit, cher maître,

C'eft le plus ardent de mes vœux ;
Qu'il ne s'envole pas ! Oh ! coupez-lui les ailes !
Qu'il foit au premier rang de vos amis fidèles,
    Car vous méritez d'être heureux !
Bien jeune encor, j'aimais les fons de votre lyre ;
Si du moins les accords que la mufe m'infpire
    Etaient l'écho de vos accents !
Ils vous exprimeraient avec plus d'harmonie
Toute ma gratitude à mon eftime unie,
    Je le dis comme je le fens !

Avril ramènera cette neige odorante
Dont parle le poète en des chants pleins d'amour,
Douce neige de fleurs, parure fouriante,
    Eclofe fous les feux du jour.

LA LUMIÈRE DE LA MORTE

DANS LA VALLÉE DU GRÉSIVAUDAN.

A LA MÉMOIRE DE MA COUSINE BLANCHE.

I

C'eſt la nuit, nuit d'hiver, mais tranſparente & claire,
Sur la montagne on voit quelques paiſibles feux,
De ces feux tremblotants de joie & de myſtère,
Allumés par amour pour ce toit ſolitaire
Qui depuis un malheur ſe cache à tous les yeux.

    Souvenirs de deuil, chants de fête
    Se confondent pour lui ce ſoir...
    Fleurs d'oranger ſur jeune tête,
    Mais demain... un long voile noir!

Pourquoi donc ce trifte mélange ?
Hélas ! il ne refte qu'un ange,
Cherchez l'autre dans le ciel bleu !
A peine on vit fes ailes blanches
S'arrêter un inftant aux branches,
Puis regagner le fein de Dieu.

Deux fœurs, deux fraîches jeunes filles,
S'épanouiffaient là jadis ;
On les aimait dans les familles
Du hameau, comme de beaux lis.

La mort, la pâle mort au rictus ironique,
A voulu brufquement brifer la blanche fleur ;
Une tombe eft pour toi, pauvre enfant angélique,
Dont le fouffle d'amour était un chant myftique ;
L'anneau d'or de l'époufe eft ce foir pour ta fœur !

II

Le matin, on voyait de légères guirlandes
Qui ferpentaient le long des murs ;
Des villageois c'étaient les naïves offrandes,
Rien n'eft bon comme ces cœurs purs.

— Ces honneurs font pour vous, charmante fiancée,
    Redifaient-ils avec tranfport ;
Que votre âme en ce jour foit mollement bercée,
    L'efpoir à votre âge eft fi fort !

Avec ce jeune époux dont le bonheur rayonne,
    Soyez heureufe mille fois !
Que fon amour, enfant, vous treffe une couronne
    Auffi douce que votre voix !
Nous vous offrons ce vœu, nous qui vous vîmes naître
    En faluant votre berceau.
Si ce beau jour pourtant pouvait faire renaître
    Celle dont il refte un tombeau !... —

Les vivats empreffés entourent le cortége,
    S'élevant pour eux dans les airs ;
Paffez, ma belle enfant au vêtement de neige,
    Au milieu de ces doux concerts ! —
Puis vint le foir, le foir, heure myftérieufe,
    Heure du touchant fouvenir,
Le foir qui fe revêt d'une teinte pieufe
    Que les morts doivent tant bénir !

III

— Voyez-vous, dit un pâtre, au fond de la vallée,
        Ce feu qui brille dans la nuit ?..
D'où vient-il ? on ne fait... & quelque ombre voilée
        L'a peut-être allumé fans bruit ?..
C'eft l'ange que l'on pleure !.. oh! ceft la pauvre morte
        Voulant fêter fa fœur, ce foir!.. —
Bientôt l'écho grandit dans la fimple cohorte,
        Difcret fymbole, on veut te voir !

Accours, jeune âme, accours; de ta main fraternelle
        Ravive ce feu radieux,
Mais auprès de ta mère, ah! viens à tire-d'aile
        Lui faire au moins tes doux adieux !..
Qui pourrait pénétrer fon défefpoir fuprême ?
        Car perdre un enfant adoré
C'eft bien plus douloureux que de mourir foi-même.
        Le deuil d'une mère eft facré ! —

Longtemps l'on vous dira, dans ces riants parages,
    En montrant gentille lueur :
— « C'eſt le feu de la morte ! » & les autres villages
    Vont tous le répéter en chœur ;
Et l'on apercevra ſa robe diaphane
    Flotter ſur les ailes du vent...
Mais ne ſouriez pas, car pendant qu'elle plane,
    Une mère pleure ſouvent !

LE BERCEAU PRÉCURSEUR.

A MON BEAU-FRÈRE M. LE DOCTEUR LÉONCE SOULIGOUX

ET A MA SŒUR ANNA.

Point de nids dans les bois, point de fleurs fur les
[branches,
  Point d'enfant dans ce doux berceau,
Point de petit amour fous les dentelles blanches!
  Aucune voix d'ange ou d'oifeau
Ne fort de ce duvet, comme un hymne de fête,
  Comme un écho délicieux...
Mais l'efpérance eft là : cette bercelonnette
  Attend un jeune hôte des cieux.

Ce coquet chérubin ! on croit l'entendre dire :
  — Eh bien ! que je fois défiré ;
Puifque je dois venir ainfi qu'un frais fourire,
  Car déjà je fuis adoré ! —
Oh ! fur ta joue en fleur, mignonne créature,
  Les baifers bientôt vont pleuvoir ;
En retour tu feras la charmante parure
  De ceux qui veulent tant te voir !

Il manque donc un lis au fond de la corbeille,
  Pour tout parfumer à l'entour ;
Peut-être y mettra-t-on une rofe vermeille,
  Rofe d'innocence & d'amour !
Un gracieux bonhomme, une petite fille,
  Lequel des deux veut-on choifir ?..
Qu'importe ! ce fera l'ange de la famille,
  Raviffant à faire plaifir.

Que d'efpoir, ô mon Dieu, contient un berceau vide !
  C'eft une promeffe de vous.
La jeune mère y voit, de fon regard avide,
  Un avenir joyeux & doux !
Le père avec bonheur fe demande à quelle heure
  Arrivera fon premier-né ;
Ah ! l'aïeule en fera le roi de fa demeure ;
  Tous difent : — Qu'il nous foit donné !

Oui, qu'il leur foit donné comme une belle aurore,
 Gage de jours plus beaux encor !
Allons, entr'ouvre-toi, frais berceau qu'on décore,
 Pour recevoir leur cher tréfor !
Dans ce nid fi moelleux, l'angelet blanc & rofe
 En fouriant s'endormira,
Mais le père enivré, fur fa bouche mi-clofe,
 D'un baifer le réveillera !

L'agile papillon fort de fa chryfalide
 Quand vient le foleil printanier,
Ainfi l'hôte futur du joli berceau vide
 Ceffera d'être prifonnier ;
Et lorfqu'il ouvrira fa naïve paupière
 Aux rayons d'un amour fi pur,
Il croira retrouver la fuave lumière
 De fon beau ciel couleur d'azur !

LE JEUNE MUSICIEN ESPAGNOL.

La brillante cité fommeille,
Le bleu du ciel s'eſt aſſombri,
Séville, la douce merveille,
Doit rêver fous fon mol abri.

Mais lorſque reviendra l'aube au charmant fourire,
Au léger manteau roſe, au diadème d'or,
Sur ma guitare en deuil, faible voix qui foupire,
Pour mon noble pays, je dois chanter encor.

Hier, après la férénade
Donnée à ce riche balcon,
Je vis la fille de l'alcade
Nous jeter un généreux don.

Tout mon cœur s'envola vers fa figure d'ange ;
Ce foir, en y fongeant, je ne faurais dormir ;
De beauté, de candeur, poétique mélange,
Sur ma mifère, hélas ! elle me fait gémir.

De ma pauvreté rude & fière,
Enfant, je ne rougiffais pas ;
Une gitana fut ma mère,
Ne me laiffant que les deux bras.

J'avais huit ans alors, & fur ma jeune tête,
Nul front ne fe penchait pour m'embraffer parfois...
Je grandis en rêvant... Au milieu d'une fête,
J'entendais un concert d'harmonieufes voix.

Elles difaient : — Reprends courage,
Le Dieu de l'Efpagne eft ton Dieu ;
Juan, ce n'eft pas à ton âge
Qu'à l'efpoir il faut dire adieu ! —

Mon âme en s'éveillant a vu la douce étoile
Qui pourrait la charmer ! Ce bonheur d'un inftant
N'eft qu'un mirage heureux ! Puis recouvert d'un voile..
L'amour placé trop haut... Dois-je efpérer autant !

Qu'importe à moi *qu'elle* soit belle,
A moi pauvre cœur délaissé !
Et devant ma noire prunelle,
Qu'importe qu'un ange ait passé !..!

Oh ! pourtant j'avais là des trésors d'harmonie !
La guitare vibrait sous mes doigts frémissants...
Non, non, je veux mourir, car ma tâche est finie,
Elle dédaignerait mes accords impuissants !

— Mais lâche qui se désenchante !
Perds-tu ton noble & libre essor ?..
Va, la patrie est une amante ;
Pour elle il faut chanter encor !

Redis son beau passé, cet écho de sa gloire ;
Que ton timbre éclatant fasse donc retentir
Un long hymne de paix !.. & ta douce mémoire
De l'Espagne pourra se faire un jour bénir !

LAMARTINE.

Pourquoi donc ces foupirs de profonde trifteffe ?
Pour qui ce deuil ému régnant dans le faint lieu ?
Vous l'ignorez ! l'écho nous le redit fans ceffe :
Le cygne de la France eft remonté vers Dieu !
Cette âme fympathique a pris fon vol fuprême,
Son beau vol rayonnant dans l'efpace & l'azur ;
O poète, entends-nous ! fur le pays qui t'aime,
Abaiffe ton regard fi lumineux, fi pur !

Doux roffignol dont l'harmonie
Montait vers la voûte infinie,
Comme un fuave hymne d'amour,
Que les anges aiment entendre ;
Ecrivain charmant, noble & tendre,
Ah ! tu n'es pas le roi d'un jour !

Non, non, tu régneras encore,
Tu laiſſes ton rhythme ſonore
Dans ces écrits remplis de miel,
De cette divine ambroiſie
Que recèle la poéſie,
Qui ruiſſelait ſur toi du ciel !

Poëte, tu reviens aux lieux qui t'ont vu naître
Dormir en écoutant les concerts de tes bois ;
Oh ! ton âme a choiſi cet aſile champêtre
Qu'avait tant célébré ta ſolennelle voix !
Ta mère eſt là, ta fille & ta noble compagne,
Bouquet de cœurs unis par un lien d'amour !
Ce vallon adoré, verdoyante campagne,
Aujourd'hui, par ton nom eſt ſacrè ſans retour.

Que ta mélodieuſe lyre,
Enivrante comme un ſourire,
Entende un peu nos chants de deuil !
Savoure le repos du ſage ;
Le pays verra d'âge en âge
Ton doux luth ſur ton doux cercueil !

Et d'une main compatiſſante,
Notre France reconnaiſſante

Jette un voile fur tes malheurs,
Ne voulant voir, nouvel Homère,
Que ta gloire & non ta mifère,
Ton dévoûment & non tes pleurs !

Oui, l'on rappellera qu'en des jours de fouffrance,
Orateur, ta parole éleva le drapeau !
On n'a pas oublié que tu fauvas la France ;
Ton fouvenir en eft plus touchant & plus beau !
Poète, fois béni pour ta voix généreufe,
Pour cet élan magique, éclatant, immortel,
Qui repouffa bien loin l'anarchie odieufe,
Et t'eût valu dans Rome autrefois un autel !

VENDREDI SAINT.

Cieux, voilez votre éclat, & vous filence, ô terre !
Le défefpoir humain aujourd'hui doit fe taire,
   Car c'eft l'impofant jour de deuil
Que domine la croix, cette croix de Solime,
Cette croix inondée, hélas ! de fang fublime,
   Qui brillera fur mon cercueil !

Un friffon de ftupeur traverfe encor le monde.
Ecoutez ! écoutez ! le vent murmure & gronde,
   Il fe lamente fur le fort
Du blond libérateur qu'adorait Madeleine,
La fainte dont l'amour le fuivit à la peine,
   Voulant le voir jufqu'à la mort !

Le dévoûment! ce mot eſt l'écho de notre être,
C'eſt pour le dévoûment que Dieu nous a fait naître,
    Des femmes c'eſt le lot ſacré !
O Madeleine ! honneur à ta bonté touchante !
Avec des yeux mouillés tout noble cœur te chante,
    Pour toi quel luth n'a pas vibré ?

Ta chevelure d'or, ondoyante parure,
Flotte en déſordre autour de ta blanche figure,
    Et ton beau regard déſolé
Contemple avec effroi la divine agonie.
Dis-moi, ruiſſelait-il ſur ta tête bénie
    Ce ſang qui pour tous a coulé ?..

Mais la mère ! la mère ! on la plaint, on l'admire,
Que ſon nom vienne auſſi réſonner ſur ma lyre,
    Son nom de reine des douleurs !
Quand le dégoût arrive & pénètre en notre âme,
Il nous reſte l'eſpoir dans cette douce femme
    Qu'on abreuva de tant de pleurs !

Permets que je dépoſe une pâle anémone,
Aujourd'hui ſur ta triſte & navrante couronne,

A ton calice amer je crois !
Toi qui vis expirer ton enfant adorable,
Tu nous gardes encore un amour ineffable,
Malgré la déchirante croix !

LA LYRE.

Sur l'arbre de la vie, arbre hériffé d'épines,
 Où l'on cueille fi peu de fleurs,
Arbre qui croît fouvent entouré de ruines,
Merci d'avoir pour moi mis de vos mains divines
 Une lyre à côté des pleurs!

Mon Dieu ! j'ai donc chanté comme l'oifeau qui paffe,
 Sans fe douter de fes accents,
Alors que le foleil rayonne dans l'efpace,
Et que fous la feuillée il trouve une humble place
 D'où s'exhale un naïf encens.

C'eft fi doux de chanter, d'afpirer l'harmonie,
    De fentir fa harpe frémir,
D'avoir de l'âme enfin à défaut de génie,
De favourer longtemps cette ivreffe infinie
    Qui fait fi bien nous endormir !

Oh ! les moments d'extafe & les fons de la lyre
    Vibrants d'efpérance & d'amour !
On ne peut raconter leur fuave délire ;
Dieu nous les a donnés, je me plais à le dire ,
    Pour charmer notre exil d'un jour !

Oui, tout chante ici-bas, le ruiffeau dans la plaine,
    L'alouette auprès des épis,
La brife avec fa fraîche & fufurrante haleine ;
Les gentils oifillons dont la charmille eft pleine,
    Gazouillent même dans leurs nids.

L'infenfé rit en vain de la fainte chimère
    Qui berce les fils d'Apollon ;
La mufe eft une fœur, quelquefois une mère ;
Sa grâce raviffante eft à la vie amère
    Ce qu'eft la rofée au vallon.

Quand l'ouragan nous brife, hélas ! pauvres poètes,
 Malgré tout il nous refte encor
Une dernière épave après tant de tempêtes,
Notre luth, cher écho de la voix des fauvettes,
 C'eft notre fuprême tréfor !

Amour, amour à toi, douce lyre adorée !
 O mon ange confolateur,
Couvre-moi des longs plis de ton aile nacrée,
Avant de remonter au fein de l'Empyrée
 Jouir d'un concert enchanteur !

LE BANDIT ITALIEN

ET LA JEUNE FILLE.

Que la foirée eſt belle, ô brune jeune fille !
Sur le bord de la mer viens cauſer avec moi ;
La lune reſplendit & l'étoile ſcintille ;
　　　J'aime mieux ton œil noir qui brille,
　　　Rien ne me plaît autant que toi !

Si tu voulais, enfant, tu ſerais ma compagne,
Ma raviſſante idole, à moi chef de brigands ;
L'audace valeureuſe en tous lieux m'accompagne ;
　　　Je parcours les bois, la montagne,
　　　On redoute mes pas errants.

L'aigle deviendrait bon avec fa tourterelle,
Ses prunelles de feu s'adouciraient pour toi ;
Pourquoi donc craindrais-tu fes ferres, fa grande aile ?
    Je ne brife point la fleur frêle,
    Je me courberai fous ta loi.

Regarde, je fuis beau prefque comme un archange,
Fort, hardi, rayonnant ainfi qu'un demi-dieu ;
J'ai fur mon front fauvage un diadème étrange ;
    Mais tu t'éloignes, mon doux ange...
    Et tu fuis fans me dire adieu !

Ecoute, tu ferais la plus charmante reine,
Tu régnerais toujours, à jamais dans mon cœur,
Et je t'adorerais, belle étoile fereine !
    Qui te retient, ô Madeleine ?..
    — C'eft ma pauvre mère & l'honneur !

UN LOGIS DE POÈTE.

L'art & la poéſie ont de douces demeures,
J'en ſais une où réſide un bienveillant auteur,
Un écrivain exquis, vrai talent dont les heures
Sont pleines d'un utile ou d'un brillant labeur.
Ne devinez-vous pas ? venez loin de la foule,
De la foule vulgaire où tout paſſe en fuyant,
La foule, ce torrent qui gronde & qui s'écoule
Ne laiſſant nulle trace en ſon concert bruyant.

Des lettres, voyez-vous, c'eſt là le ſanctuaire ;
Saluez-le, profane ! Un poète honoré
Que les Muſes prendraient volontiers pour leur frère,
Tant elles l'ont ſouvent gentiment inſpiré,

Habite ſous ce toit, et, gloire lyonnaiſe,
Pour ſon noble pays travaille avec ardeur,
Nulle veille jamais, ô Lyon, ne lui pèſe,
Lorſqu'il s'agit de toi ſi chère à ſon grand cœur !

Tu dois l'aimer auſſi, belle ville adorée,
Ne ſuivant en cela que l'exemple de tous ;
Sa plume d'érudit t'eſt toute conſacrée,
Bénis donc mille fois ce poète ſi doux !
O ſplendide cité, ſois-lui reconnaiſſante
Pour ſon loyal hommage & ſon culte pieux,
Pour ſa ſollicitude élevée, inceſſante ;
C'eſt l'âme de ton âme & l'éclair de tes yeux.

Puis, l'art de Gutenberg qui tranſmet la penſée
A travers le préſent & le monde à venir,
En ſe faiſant l'écho de la grandeur paſſée,
Et de tes jours d'orgueil le vivant ſouvenir,
Eſt ici cultivé dans ſa pure élégance.
L'Elzévir d'autrefois n'eſt pas mort tout entier,
De ſon talent hors ligne & preſque une puiſſance,
On retrouve à Lyon l'éminent héritier.

O maître en poésie, artiſte au fond de l'âme,
Honneur, honneur à vous qui nous prouvez encor
Ce que peut un eſprit plein d'une vive flamme
Pour le bon, pour le beau, ſuaves rayons d'or !
Il manque quelque chose à mon noble poète :
La croix ! oui, cette croix que vous méritez tant !
Si j'étais reine, au moins, oh ! quelle douce fête
De pouvoir vous donner cet inſigne éclatant !

MA MADONE ESPAGNOLE.

A travers mes rideaux le foleil fe tamife,
Ce beau foleil couchant dont l'éclat divinife
Une vieille peinture à l'attrait ingénu,
Vierge-mère aux grands yeux, dont le feu contenu
Sur le divin Enfant rejaillit & rayonne.
O naïf idéal ! ô célefte patronne,
Tu m'aimes, je le fens, et je viens à genoux
Te jeter un baifer, un baifer des plus doux !
Trois fiècles ont paffé fur ta noble figure,
En la rendant toujours plus charmante & plus pure·
L'artifte avait-il vu, dans un rêve d'amour,
Un rêve lumineux comme un reflet du jour,

Paffer en fouriant cette vifion fainte,
Qui charme tout regard, adoucit toute plainte ?
C'eft frais, c'eft gracieux ; l'aimable vérité
Eclate en ce tableau plein de fimplicité.
Ah ! quel pinceau vivant jeta donc fur la toile
Ma madone efpagnole au blanc & léger voile,
Et le petit Jéfus, délicieux enfant,
Que le bon saint Jofeph contemple en triomphant ?..
Heureux le peintre, heureux d'avoir fur fa palette
Trouvé le coloris de cette douce tête,
Dont la férénité, les fuaves contours
Me la font fi fouvent regarder tous les jours !

Vierge, vous le favez, dans ce monde éphémère,
Je n'ai jamais connu celle qui fut ma mère !
Ma mère auffi, ma mère était belle à ravir,
Et bonne comme vous, mais elle dut mourir !
Quelquefois je me dis que cette reffemblance
Ne peut être un vain fonge, & ma douce croyance
Vous trouve affurément quelques uns de fes traits,
Ce qui ne gâte rien à vos charmants attraits.
Vous n'êtes pas jaloufe, ô raviffante reine,
Et cette illufion ne vous fait nulle peine.
Rien ne peut, je le fais, égaler la beauté
Que vous avez, là haut, dans l'immortalité ;

Mais je vous aime tant fur ma vieille peinture,
J'aime cet art naïf & fa fimple parure,
Et ce dernier rayon qui refplendit fur vous,
Vous faifant reffortir avec votre air fi doux !

LA BIENVENUE A MON NEVEU.

Mignonne aux yeux d'azur qu'on nomme l'Efpérance,
 Douce gardienne des berceaux,
A mon premier neveu donne une belle enfance,
 Toutes les fleurs de l'innocence,
 Tous les myofotis des eaux !

 Gentille petite âme blanche,
 Que le bonheur fur toi s'épanche,
 Avec amour, avec orgueil !
 Qu'un rayon lumineux fe gliffe,
 Fleur vivante, fur ton calice,
 Reçois un gracieux accueil !

Ah ! qu'un vagiſſement de joie
Réponde aux baiſers qu'on envoie
A ton front pur & velouté,
A tes petites lèvres roſes
Qui gazouilleront tant de choſes,
Dans toute leur naïveté !

Pour réjouir ſon jeune père,
Que ce frais bouton d'or proſpère
Sous le gai ſoleil du bon Dieu !
Que le charme de ſon ſourire
Soit pour ſa mère un doux délire,
Et comme un reflet du ciel bleu !

Avec l'aubépine embaumée,
Dont la campagne eſt parſemée,
Avec le parfum des lilas,
Il eſt venu, le petit ange,
Déſertant ſa blonde phalange, —
Mais il ne s'envolera pas !..

Je le prédis quand je te nomme,
Enfant, tu ſeras honnête homme,

Ton regard le dira toujours !
Rayonne longtemps, jeune tête,
Que l'amour maternel s'apprête
A s'enivrer de tes beaux jours !

Mignonne aux yeux d'azur qu'on nomme l'Eſpérance,
Douce gardienne des berceaux,
A mon premier neveu donne une belle enfance,
Toutes les fleurs de l'innocence,
Tous les myoſotis des eaux !

ALFRED DE MUSSET.

Hélas! il fouffrait tant le jeune & grand poète!
Sa lèvre avait touché cette coupe de fiel
Qui change en jours de deuil les plus beaux jours de fête,
Et fait un ciel obfcur du plus radieux ciel;
Il fouffrait, le chanteur! fans cela fon génie
N'aurait jamais connu le doute, fruit amer;
Mais il croyait encor, dans fon âme infinie,
A celui qui commande aux vagues de la mer.

De Werther, de Byron, ces apôtres du doute,
Ce n'était pas le frère, il avait plus de cœur.
Non, il n'eût pas fuivi leur dangereufe route,
S'il avait pu fourire à quelque doux bonheur.
Un amour frais & pur lui manqua fur la terre;
La Béatrix du Dante infpirait de beaux chants;
Un doux ange a charmé plus d'un labeur auftère;
Elvire, de nos jours, diétait des airs touchants.

Son âme fut brifée au contact de ce monde,
Le cœur lui défaillit par un amour trompé ;
Il lui fallait un ciel plein de lumière blonde,
Et dans la fange, hélas ! fon cothurne a trempé.
— « Des ailes, difait-il, que je voudrais des ailes ! »
Il fentait vivre en lui tant d'immortel effor !
Des ailes pour voler aux fphères éternelles,
Chercher l'objet aimé dans les étoiles d'or !

L'ode à la Malibran eft un hymne fans tache,
Une perle éclatante & de la plus belle eau ;
Elle enchante, rayonne & doucement attache
A ce chantre infpiré qui dort dans un tombeau.
Si cette fleur fuave, ô Seigneur, était née
Pour lui, pour l'enivrer de fon divin encens !..
Mais non, ce n'était pas la même deftinée,
Et la fauvette ailleurs devait fes doux accents...

Plus que tout autre, il eft plein de verve charmante,
Souple, fin, gracieux & français à la fois ;
Ah ! dans les moindres fons de fa lyre élégante,
On reconnaît toujours l'efprit vif du Gaulois.
C'eft un maître ! & fon nom révèle une harmonie
Originale & fière à faire tout pâlir ;
A ce talent fuprême, on voudrait voir unie
L'efpérance qui doit nous aider à fouffrir.

Pauvre aigle qui traînais ta grande aile bleffée,
La déchirant fans ceffe aux épineux buiffons,
Tu mourus jeune encor, mais ton âme froiffée
Avait vu s'écouler trop de triftes faifons !..
Oh! Dieu t'a pardonné pour ta longue fouffrance,
Pour ce tardif efpoir d'un efprit égaré;
Poète malheureux, gloire de notre France,
Seul, devant l'Eternel, n'avais-tu pas pleuré?..

LE ROSSIGNOL RECONNAISSANT.

A UN DOCTEUR.

Oh ! favez-vous pourquoi le roffignol murmure,
Alors que vous paffez, fa chanfon la plus pure ?
C'eft qu'il a confervé le charmant fouvenir
D'un joli petit trait raconté par fon père ;
Sur les rameaux légers d'un bois plein de myftère,
Il chante votre nom en le faifant bénir.

Vibre encore, ô lyre vivante,
Réfonne & réfonne toujours !
Berce de ta voix enivrante
Celui qui protégea tes jours.

L'inftinct, eft-ce une petite âme ?..
O roffignol reconnaiffant,
Un divin fentiment t'enflamme ;
Chante, chante pour le paffant ! —

Oui, je le redirai, docteur, à votre gloire ;
Par un jour radieux, jour de douce mémoire,
Un jeune payfan que vous aviez guéri,
Comme vous guériffez tout être endolori,
Vous offrit en préfent une pauvre victime,
Un roffignol bleffé !.. lui ! le chantre fublime !
Ce chef-d'œuvre de Dieu, ce doux luth raviffant,
Dont l'ineffable fon s'exhale en careffant !..
Il paraiffait vous dire avec un air fi trifte :

— O bon docteur, je fouffre & je fuis un artifte !
Plaignez-moi ! j'ai laiffé mes tranquilles amours ;
Ma compagne me pleure & pleurera toujours,
Si vous ne me rendez au bonheur, à la vie !
Sans ce plomb meurtrier, mon fort digne d'envie
Eût été préférable à celui des humains ;
Infirme, je me jette en vos habiles mains ! —
Mes petits, nés d'hier, que font-ils à cette heure ?..
Oh ! n'entendez-vous pas leur faible voix qui pleure ?..

Et n'ai-je pas un cœur, un cœur de roſſignol ?..
Vers ce nid déſolé quand prendrai-je mon vol ?..
Sauvez-moi pour les miens, Dupuytren de Valence ;
Je ſaurai moduler le mot reconnaiſſance ! —

Son grand œil implorait votre dextérité,
Doƈteur ; ſuivant les lois de l'hoſpitalité,
Vous prîtes doucement la frêle créature ;
Pour mieux encourager ſon exquiſe nature,
En panſant le pauvret, vous lui diſiez parfois
Quelques noms attendris comme ſa fraîche voix.
Par vos bons ſoins bientôt il redevint alerte ;
L'eſpoir put lui ſourire, & la campagne verte,
Le nid, l'air balſamique & puis la liberté !..
Vous lui rendîtes tout, comme un rêve enchanté !

Alors à ſes petits éveillés ſous l'ombrage,
Il conta vos bienfaits dans ſon touchant langage,
Et ceux-ci tranſmettront à leur tour ҫe beau trait,
Tout imprégné de grâce & de naïf attrait.

LE DOMINÓ NOIR ET LA JEUNE DAME...

QUE JE SAIS...

Depuis longtemps déjà, je garde en ma mémoire,
Mais furtout dans mon cœur, une gentille hiftoire,
    Véritable au moins s'il en fût ;
Je voudrais la redire avec fa couleur rofe,
Son doux je ne fais quoi, fa fraîcheur, mais je n'ofe,
    Dieu ! fi j'allais manquer mon but !

Dans un brillant falon tout étoilé de flammes,
Une étoile plus belle encor parmi les femmes
    Rayonnait d'un éclat ferein ;
Le ciel avait pofé comme un pur diadème
Sur fon beau front paré de la blancheur qu'on aime,
    La blancheur des lys du matin.

13

Que dire de ſes yeux au regard ineffable,
De cette bouche exquiſe, émaillée, adorable,
   De ce teint frais & velouté,
De ces contours divins, ſuaves formes d'ange,
De cet être au-deſſus d'une vaine louange,
   Miracle de douce beauté ! —

Or, un domino noir vers notre jeune femme
S'avance avec reſpect, & lui dit : — Oh ! madame,
   Vous êtes la reine ce ſoir,
Oui, la reine, & toujours la perle de la ville,
Mais votre royauté vous trouve bien tranquille,
   Et vous vous faites ſi peu voir !

Pourtant vous êtes belle, ô fraîche violette,
Pourquoi n'aimer que l'ombre & la douce retraite,
   L'onde limpide des ruiſſeaux ? —
— Ah ! ce qui me retient ſouvent bien loin du monde,
C'eſt l'attrait de mon cœur, c'eſt une paix profonde,
   C'eſt l'amour de mes deux berceaux !

Sais-je rien au-delà de ma jeune famille ?
Auprès de mes enfants, je ſuis reine, je brille,

Quand je me mire dans les yeux
Des mignonnes que j'ai, bijoux de ma demeure;
Je fens, déjà je fens que loin d'elles je pleure!..
Je vais faire au bal mes adieux. —

Et l'ange s'éclipfa, laiffant fur fon paffage
Une traîne embaumée, un lumineux fillage...
Pourquoi fallait-il que fon nid
Dût la perdre fi tôt, la pauvre jeune femme!..
D'une mère, ô mon Dieu! pourquoi prenez-vous l'âme
Loin de ceux que fon cœur bénit?..

AU PORTRAIT D'UN PETIT GARÇON

DE NEUF ANS, QUI RÉPONDAIT AU NOM D'AIMÉ.

—

A MADAME VINGTRINIER.

Doux enfant qui feras poète,
On aime à voir ta jeune tête
Timide & charmante à la fois ;
Ton front couronné d'innocence
A-t-il déjà la prefcience
Des accents fi purs de ta voix ?.. —

Lorfque auprès d'un berceau Dieu dépofe une lyre,
Il baife l'angelet dont la candeur l'attire,
    En lui disant : — Tu fouffriras !
Mais je te donne auffi ta noble récompenfe
Dans ce luth gracieux, & par reconnaiffance,
    Un beau jour, tu me béniras ! —

Noble enfant, fur la terre où le talent s'expie,
Ainfi que le bonheur, ta courageufe vie
  Pourra braver un trifte fort.
On grandit dans l'épreuve; — avec fon feul mérite,
Ton nom s'élèvera, tu fentiras bien vite
  Qu'en ton cœur le génie eft fort !

Va, l'eftime & l'honneur feront pour toi, poète !
La gloire peut bien faire oublier la tempête,
  Et Lyon fera fier de toi,
De toi, fon digne fils, qui voudras dans l'hiftoire
Chercher les documents de fa folide gloire,
  Avec tant d'ardeur & de foi !

Ta harpe aura toujours une douce harmonie,
Des fons délicieux, qu'une femme bénie
  Saura comprendre en t'admirant;
Vois-tu dans l'avenir cette aimable compagne,
Son réel dévoûment qui partout t'accompagne ?..
  Souris alors, mon doux enfant !

  Souris, jeune tête rêveufe,
  Lèvre rofe un peu férieufe,

Regard fi naïf & fi pur !
Souris encor, cher petit ange,
Qu'un rayonnement fans mélange
Scintille dans tes yeux d'azur !

LE BAHUT D'UN IMPRIMEUR.

Tout reluifant, tout fier dans ta robe de chêne,
Que la main d'un géant ne ferait pas plier,
Je te vis une fois, je ne puis t'oublier,
Puifque à ton fouvenir, fon fouvenir s'enchaîne.
Oui, vers toi, ma penfée aime à fe reporter,
Cher bahut, doux témoin des jours de fa jeuneffe;
  Aujourd'hui, je veux te chanter,
  Comme un rayon dans ma trifteffe.

Tu gardais les fufils de l'aimable chaffeur,
Dans ces monts du Bugey qu'a célébrés fa lyre,
En vers délicieux, raviffants de douceur;
Tu voyais les tranfports, le triomphant fourire

De ce jeune Nemrod racontant fes exploits,
Montrant avec orgueil le produit de fa chaffe ;
Ne te femble-t-il pas entendre cette voix ?
Oh ! de ce temps joyeux garde la douce trace.

Gai chaffeur le matin & rêveur vers le foir,
Mais poète toujours, dans la rofe bruyère,
Dans le genêt en fleurs, odorant encenfoir,
On marchait d'une allure heureufe & cavalière,
Enivré de l'efpace & de l'éclat des cieux,
Trouvant à chaque pas mille chofes nouvelles,
Mille tréfors charmants pour l'efprit gracieux
Qui favait déployer déjà fes grandes ailes.

Mieux qu'un autre il pouvait deviner les fecrets
Des bois & des torrents, des riantes campagnes ;
De la belle nature adorant les attraits,
L'aiglon fe fentait vivre au fommet des montagnes,
Et ce fouffle vibrant qui paffait dans les airs
Empliffait fa poitrine & d'ardeur & d'ivreffe,
Ame exquife écoutant les agreftes concerts,
Dans fon hymne exhalant le trop plein qui l'oppreffe.

Le roffignol devait envier fes doux chants ;
Ils offrent un cachet de talent & de grâce,
Tout l'efprit des cités & la fraîcheur des champs,
Lyre mélodieufe & qui jamais ne laffe !
Vous qui mêliez jadis l'arome plus viril
De la poudre aux parfums de la fainte ambroifie,
Comme une âcre fenteur aux douces fleurs d'avril,
Aimez votre bahut fi plein de poéfie !

Ah ! pour le faluer, ma voix s'élève encor ;
C'eft un meuble charmant, bien plus, c'eft un tréfor,
Tréfor du fouvenir, tréfor qui femble dire :
— Je fuis le vieil ami de fon premier fourire ! —
Oui, vers toi, ma penfée aime à fe reporter,
Cher bahut, doux témoin des jours de fa jeuneffe !
    Mon luth a voulu te chanter,
    Comme un rayon dans ma trifteffe.

LES VIEUX TONNERRES.

(HISTORIQUE.)

—

A MONSIEUR VINGTRINIER.

Hélas! c'était écrit, l'enfant devait mourir!
Un fruit jeune & brillant, trop hâtif à mûrir,
Tombe avant la faifon, ainfi tombent de même
Ces enfants, ces fruits d'or qu'on admire & qu'on aime.

Et le cœur fe fouvient de tous les mots charmants
Prononcés tant de fois par ces êtres aimants;
Oui, le cœur fe fouvient, & croit voir dans l'efpace,
Comme un naïf effaim qui s'envole & qui paffe,
Ces nouveaux angelets, favoris du bon Dieu,
Emportés malgré nous & fans nous dire adieu.

Les rayons d'or du ciel, ce font leurs boucles blondes,
Le tranfparent azur, l'éclat de tous les mondes,
Ce font les purs lapis de leurs brillants yeux bleus,
Partout, dans l'univers entier, on ne voit qu'eux !
On entend les échos de leur voix careffante
Dans le ruiffeau jafeur & dans l'oifeau qui chante ;
L'air frais que l'on refpire eft leur fouffle embaumé,
On fent leurs doux baifers dans le lys parfumé.

Ils font pleurer la mère, & la tante, & l'aïeule ;
En perdant un enfant, la mère fe croit feule !
Qui lui ramènera le petit déferteur
Quittant fon nid bien chaud pour l'éternel bonheur !
Un beau petit garçon, l'efpoir de fa famille,
Avait le fceau divin fur fa tête gentille ;
Son âme s'élevait, en treffaillant toujours !
Si bien qu'elle a brifé l'heureux fil de fes jours !
La liqueur fermentait dans le vafe fragile,
Elle a fait éclater l'enveloppe d'argile ;
Ce regard ingénu voyait déjà trop loin,
De l'infini des cieux fon cœur avait befoin.

—Oh ! Dieu me donnera, là-haut, fes vieux tonnerres,
Difait-il, pour jouer comme on fait dans les guerres ;
Je verrai mieux encor, j'en ai le doux efpoir ;
Les petits chérubins me montreront, le foir,

Le beau clou de vermeil où Dieu fufpend la lune,
Lorfque nous la voyons refplendir dans la brune,
La veilleufe d'argent, aux reflets gracieux,
Qui femble regarder comme avec de vrais yeux !
Je voudrais la toucher de mon petit doigt rofe,
Et revenir ici vous raconter la chofe.

Reviens, enfant, reviens près de ta mère en deuil,
Car on te pleure encore, objet d'un tendre orgueil !
Ah ! ta naïve tombe entend plus d'une plainte...
Mais je veux t'enfeigner une miffion fainte :
Il eft, dans ta famille, un poète, un cœur d'or,
Noble efprit qui t'aimait comme on aime un tréfor ;
Ta jeune âme eft toujours la fœur de fa grande âme ;
Sur toi, vivant, elle eût fait rejaillir fa flamme,
Oh ! deviens, à ton tour, fon fidèle gardien,
Son invifible ami, fon raviffant foutien,
Et que le frôlement de tes ailes vermeilles
Lui dife quelquefois qu'auprès de lui tu veilles !

PIE VI A VALENCE.

La plaine s'étendait fous fes yeux avec grâce ;
L'augufte et beau vieillard, du haut de fa terraffe,
D'un air mélancolique admirait l'horizon
Se déroulant fplendide autour de fa prifon :
— « Belliffima veduta ! » — difait-il en artifte,
Et fon front rayonnait, puis il devenait trifte...
Son œil femblait chercher au loin fon doux pays,
Comme s'il eût pu voir, de fes regards ravis :

— Rome eft veuve, elle pleure & je gémis loin d'elle !
Qui me rendra le ciel de ma ville éternelle,
Et les longs cris d'amour de mon peuple attendri,
Ces *Evviva* joyeux qui m'ont toujours fouri !..

Ces élans du bonheur qui me remuaient l'âme,
L'âme, divin foyer d'une célefte flamme ! —
Oh ! j'aime auffi la France & d'un immenfe amour,
Je la bénis la nuit, je la bénis le jour ;
Ne lui lancez jamais un cruel anathème,
Puifque je la chéris dans l'infortune même ;
N'a-t-elle pas affez de fes grandes douleurs ?
Et mon pardon lui vient pour effuyer fes pleurs.

. . . .

Rome !.. Savez-vous bien quel eft ce nom magique !
C'eft celui d'une reine ! & c'eft la bague antique
Du jour de notre hymen que je porte à mon doigt !
Oui, l'anneau du pêcheur en qui l'univers croit.
Roma cariffima ! dans ma langue chérie,
Nous murmurons ainfi le nom de la patrie !
Rome était mon orgueil de pontife et de roi,
Et fon bonheur faifait tout mon bonheur à moi !..

Vers vous mon cœur s'élance, ô mes flots bleus du Tibre,
Pour faluer vos bords comme fi j'étais libre !
Quel vent léger m'apporte un doux parfum d'efpoir !..
Erreur !.. je vais mourir... rentrons, voici le foir ;

Voyageur fatigué, j'ai befoin de la tombe ;
La Papauté demeure & mon corps feul fuccombe,
Et bientôt un vainqueur relevant les autels
Vous montrera la croix régnant fur les mortels.

Toi, Valence, où je meurs, mon étape dernière,
Que mon fouffle expirant foit comme une prière
Qui te faffe donner la paix & le bonheur !
Oui, deux noms déformais fe partagent mon cœur,
Après celui de Dieu : ceux de Rome & de France !
A Rome mon amour, & mon nom à Valence !

L'EXPOSITION DE LYON

EN 1871.

Lyonnais, foyez fiers! pour vous il fe prépare
 Un concours de gloire & d'honneur.
La gloire ? votre fol n'en fut jamais avare,
 Il produit cette noble fleur !
Soyez fiers, Lyonnais! la France tout entière
 Veut applaudir à vos efforts. —
Honte aux efprits jaloux, à ces êtres de pierre
 Qu'un élan trouve froids & morts ! —
En avant, en avant, au nom de l'induftrie !
 Voifins, nous vous montrons le but,
Le but facré qui doit honorer la patrie ;
 Fils du noble Jacquard, falut !

Les étrangers viendront admirer vos merveilles,
 Vos chefs-d'œuvre d'art & de goût,
Ces fatins ondoyants, ces moires fans pareilles,
 Et dont vous feuls venez à bout,
Ces cifelures d'or, fi fines, fi légères,
 Qu'un Cellini.devait rêver,
Au temps du roi François, aux beaux jours de nos pères,
 Tréfors qu'on venait enlever
A cet artifte heureux qui revit dans vos âmes.
 Dieu lui-même guide vos doigts,
Vous dotant du génie & de fes vives flammes ;
 Allez ! les artiftes font rois !

Vos gracieux rubans, vos gazes tranfparentes,
 Vos tulles, travaux d'Arachné,
Montreront leurs tiffus en parures charmantes
 A plus d'un regard étonné ;
Ces ornements facrés dont s'embellit un temple,
 Et les bannières de velours,
Et ces beaux étendards qu'avide l'on contemple
 En rêvant d'héroïques jours,
Tout dira votre nom aux peuples de la terre,
 On s'inclinera devant lui,
Et vous aurez le prix d'une exiftence auftère,
 Braves travailleurs d'aujourd'hui !

Artiftes, difons-nous : oui, Lyonnais, vous l'êtes ! —
　　Peintres, préparez vos tableaux,
Et vos marbres, fculpteurs, vos chants, brillants poètes,
　　Muficiens, vos airs nouveaux ! —
Les fleurs, les douces fleurs, amour de la nature,
　　Etaleront leurs frais atours,
Près des fruits veloutés ; — la noble agriculture
　　Doit être admife à ce concours,
Elle révèle Dieu, dans fes fecrets champêtres
　　Si fimples, fi grands à la fois !
L'épi de blé, l'agneau, le plus petit des êtres
　　Pour le bénir ont une voix !

Entendez-vous au loin cette foule empreffée ?
　　Entendez-vous ces flots mugir ?
Oui, ces flots d'étrangers qu'une même penfée
　　Vers vous bientôt fera venir ;
Ils voudront vifiter la ville radieufe,
　　Voir les travaux de fes enfants ;
Le Rhône frémira dans fa couche orgueilleufe,
　　Oh ! vous ferez tous triomphants !
Bercez-vous, bercez-vous de l'efpoir d'une fête,
　　Dans mon pays d'adoption,
Et que déjà l'écho de la France répète :
　　Gloire à Lyon ! gloire à Lyon !

PONSARD.

Voyageurs qui paffez fur les rives du Rhône,
Saluez fon tombeau ! jetez une couronne
    A notre poète viennois !
Il dort près de fa lyre, à la fois fimple & forte,
Romaine en fes accents, grande de telle forte
    Que l'on difcutait cette voix.

C'eft qu'elle était trop vraie en ce fiècle de boue,
Trop virile, peut-être, & le monde fe joue
    De tout ce qui n'eft pas badin;
Poètes convaincus, gardez donc le filence;
Qu'importe que votre âme en treffaillant s'élance,
    Fière de fon effor divin!

Pour le charmer, le monde, il faut un vaudeville,
Plus ou moins éraillé; mieux vaut une œuvre vile,
    Qu'admirent les petits crevés,
Qu'un beau drame où rayonne une penfée ardente,
La lave d'un volcan ! c'eft le fouffle du Dante,
    Et des poètes arrivés.

Mon Dieu ! quelques élus pourront l'aimer fans doute;
Ponfard, je le fais bien, en trouva fur fa route,
    Pour le connaître & l'applaudir ;
Il fallait leur eftime à cette âme naïve,
Pauvre âme de poète ! — âme de fenfitive,
    Qu'un rien fait fourire ou fouffrir ! —

Triomphe, Dauphinois, dans ta grandeur romaine !
Les épines font près de toute gloire humaine,
    Mais le vrai talent a fon jour !
Le pays reconnaît tous les dons de ton âme, —
Le myrte à ton laurier s'unit... ta jeune femme
    Te garde fon touchant amour !

Ton bel enfant fourit déjà lorfqu'on te nomme,
Il eft fier de fon père, & que fera donc l'homme

Heureux héritier de ton nom ?..
Ah ! parfois, au théâtre, il t'applaudit lui-même
De ſes petites mains, avec l'attrait ſuprême
    Dont ton noble eſprit lui fit don !

UN DAUPHINOIS A UN TOURISTE.

Viens donc t'enivrer de l'orage,
Refpire la fenteur fauvage
Qui s'exhale de nos fapins ;
Dis-moi, qu'as-tu vu dans la plaine
Qui vaille la montagne hautaine ?
Qu'as-tu vu chez les citadins ?

Elégant & joyeux tourifte,
Que ton crayon fi fantaififte
Rende au pays où je fuis né
Un aimable tribut d'hommages :
Eft-il de plus beaux payfages
Que ceux de notre Dauphiné ?

La Suiffe, en fa riche verdure,
N'a pas reçu de la nature
Des dons plus fplendides que nous;
Vifite la Grande-Chartreufe,
Ce Défert, œuvre audacieufe
Dont de fiers fommets font jaloux.

Un torrent y roule fon onde,
Et de fa voix finiftre il gronde,
En baignant de rudes cailloux;
Seul, il rompt l'auftère filence
De cette folitude immenfe
Qu'on admirerait à genoux!

Et les beautés de Saffenage,
Le val raviffant d'Uriage,
Le fi pittorefque Allevard,
Et le berceau de Lefdiguières,
Son vieux caftel aux noires pierres,
Et le doux pays de Bayard!..

Ailleurs, de riants pâturages
Offrent de charmantes images,

Dans le délicieux Royans,
Où les arbres de nos vallées,
Avec leurs feuilles dentelées,
Se balancent fiers, ondoyants.

Je paſſe bien d'autres richeſſes
Que Dieu, dans ſes jours de largeſſès,
Sema de ſa divine main
Sur nos champs, nos bois, nos collines,
Comme des fleurs ſur des ruines,
Et des perles ſur un chemin.

Va, j'aime mon pays agreſte,
Comme on aime un rêve céleſte,
L'extaſe d'un premier amour !
Je me ſens montagnard dans l'âme ;
Salut au doux fol qui réclame
Mes élans juſqu'au dernier jour !

FIN

TABLE

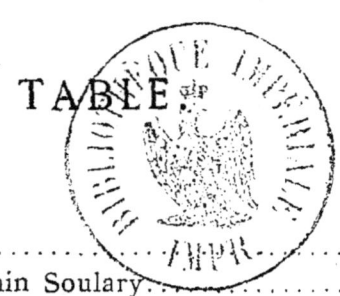

FIN DE LA TABLE.

LYON, TYP. D'AIMÉ VINGTRINIER.